中国文学电影剧本

和平崛起

阎志硕◎著

時代文藝出版社

图书在版编目（CIP）数据

和平崛起 / 阎志硕 著. —长春：时代文艺出版社，2017.11

ISBN 978-7-5387-5622-7

I. ①和… II. ①阎… III. ①电影文学剧本－中国－当代 IV. ①I235.1

中国版本图书馆CIP数据核字（2017）第299212号

出 品 人 陈 琛
产品总监 郭力家
责任编辑 王 峰
装帧设计 孙 利
排版制作 毛倩雯

和平崛起

阎志硕 著

出版发行 / 时代文艺出版社
地址 / 长春市泰来街1825号 时代文艺出版社 邮编 / 130011
总编办 / 0431-86012927 发行部 / 0431-86012957 北京开发部 / 010-63108163
官方微博 / weibo.com / tlapress 天猫旗舰店 / sdwycbsgf.tmall.com
印刷 / 长春第二新华印刷有限责任公司
开本 / 880mm × 1240mm 1 / 16 字数 / 145千字 印张 / 10.5
版次 / 2017年11月第1版 印次 / 2017年11月第1次印刷 定价 / 39.00元

图书如有印装错误 请寄回印厂调换

美国波士顿车辆

国内首列直线电机车辆——首都机场线直线电机车辆

“复兴号”CR400BF动车组

CRH3A动车组

武汉东湖100%低地板车辆

CRH5J综合检测车

CRH380BG高寒高速动车组

CRH380CL高速动车组

出口阿根廷布宜诺斯艾利斯A线地铁车辆

国内首列混合动力动车组

CRH5E高寒卧铺动车组

首次服务境外奥运项目——出口巴西电动车组

市域快轨车辆

香港南港岛无人驾驶车辆

香港沙中线地铁车辆

长春70%低地板有轨电车

重庆跨座式单轨3号线车辆

谨以此书纪念：为创建保卫新中国而流血牺牲，坚持和平发展，在中华民族伟大复兴的历史进程中，前赴后继艰苦创业，为完成中国铁路机车车辆高端装备走出中国，跃进美国波士顿，挺进俄罗斯莫斯科，为建成国际级现代化企业前赴后继、英勇奋斗的中华优秀儿女们！

（1937年至2015年）

《中国高铁工人精神之歌》

你从抗日烽火遍地燃烧的中国山东大地走来，
你从革命的圣地延安宝塔山下的窑洞里走来；
你从饮马长江建国成功艰苦创业的惊涛骇浪中武汉走来，
你从青岛四方工厂、大连工厂、齐齐哈尔车辆工厂走来；
你从抗美援朝硝烟弥漫的枪林弹雨中前赴后继英勇走来！
“铁轨有度量过往，乾坤无限定未来！”
——信仰是一面旗帜，信仰就是力量！……

目 录

主 要 演 员

阎　华	铁道部长春客车厂、厂长兼党委书记
贾清波	铁道部长春客车厂、副厂长
王　干	铁道部长春客车厂、副厂长
郑旭光	铁道部长春客车厂、党委副书记
赵学义	铁道部长春客车厂、党委书记、湖北省工委书记
李笃厚	铁道部长春客车厂、干部部长、教育办公室主任
刘　涛	铁道部长春客车厂、铸钢车间书记
冯贤义	铁道部长春客车厂、副厂长
姜　颖	铁道部长春客车厂、机械车间书记（女）
李　莹	铁道部长春客车厂职工医院、院长（女）
石蕴霞	铁道部长春客车厂职工子弟小学、校长（女）
郭　坤	中国人民志愿军、首长、长客武装部长
李恒才	中国人民志愿军、团长、长客保卫科长
吴金升	中国人民志愿军、营长、厂级设备专家
薛　祥	中国人民志愿军、排长、车体车间天车工（党支部委员）
孟庆学	中国人民志愿军、班长、铸钢车间炉长（劳动模范）
崔贺光	中国人民志愿军、战士、铸钢车间炉长
苑正范	中国人民志愿军、战士、铸钢车间炉长

王树增　　中国人民志愿军、战地记者

金顺玉　　中国人民志愿军、战地医院护士长（女，朝鲜族）

段君毅　　中华人民共和国铁道部、部长

周　光　　吉林省委副书记兼长春市人民政府、市长

周学才　　铁道部长春客车厂、政治部主任、综合治理办公室主任

杨天民　　铁道部长春客车厂、团委书记

唐荣智　　铁道部长春客车厂、高级设计专家

张俊祥　　铁道部长春客车厂、生产科长、纪委书记

马文桂　　铁道部长春客车厂、车间党支部书记

王光逾　　铁道部长春客车厂、车间党支部书记

刘金生　　铁道部长春客车厂、车间党支部书记

杜本强　　铁道部长春客车厂、修车分厂厂长

孙宏民　　铁道部长春客车厂、车间党支部书记

张巨才　　铁道部长春客车厂、厂史办公室主任

孙德山　　铁道部长春客车厂、党支部书记、建厂筹备组成员

金广为　　铁道部长春客车厂、党委组织部长

王银歧　　铁道部长春客车厂、车间党支部书记

李殿仁　　铁道部长春客车厂、动力车间主任

李克俭　　铁道部长春客车厂、工艺科长、厂长

米洛维多夫　　苏联加里宁机车车辆工厂、高级技术专家

刘治荣　　铁道部长春客车厂、设计科长、副厂长

藤茂根　　铁道部长春客车厂、工艺科、地铁研究所长、副厂长

周彩章　　铁道部长春客车厂、设计科、党委书记

马树坤	长春客车厂、厂长、长客股份公司董事长兼总经理
汪枯泰	长春客车厂、党委书记、长客股份公司党委书记
董晓峰	长春客车厂、副厂长、中车长客股份董事长兼党委书记
刘仁民	长春客车厂、工艺科、副总工程师
王天福	长春客车厂、副厂长、工会主席
王金亭	长春客车厂、工艺科、总工程师办公室主任
王焕章	长春客车厂、工艺科、总工程师
张仲举	铁道部长春客车厂、工具车间高级技师（全国劳动模范）
傅志寰	中华人民共和国铁道部、部长
刘景芳	铁道部长春客车厂、生产处长、长客股份公司副总经理
袁金华	铁道部长春客车厂、设计处长
杨化民	铁道部长春客车厂、工艺处长
海邦君	铁道部长春客车厂、生产处副处长
方云罗	铁道部长春客车厂、工艺处高级工程师（女）
刘久成	铁道部长春客车厂、地铁装配车间副主任
严　明	铁道部长春客车厂、地铁加工车间副主任、厂办调研室
野　平	日本东急地铁车辆公司、技术课长
冯伯欣	铁道部长春客车厂、地铁研究所副所长
蒋克选	铁道部长春客车厂、高级电气专家
马振林	长春客车厂、长客电视台长
马文秀	长春客车厂、厂长办公室主任、副厂长
梁志超	长春客车厂、副厂长
徐汝君	长春客车厂、经营计划处长

余卫平　长春客车厂、生产副厂长、中国中车股份公司副总裁
李刚船　长春客车厂、铸钢车间主任、中车长客股份副总经理
王　润　长春客车厂、转向架分厂长、中车长客股份公司董事长
陈效敏　长春客车厂、地装车间主任、中车长客股份党委书记
安忠义　长春客车厂、地装车间书记、中车长客股份总经理
王献红　长春客车厂、轮轴车间主任、中车长客股份副总经理
牛得田　长春客车厂、工艺处长、中车长客股份总工程师
马宏光　长春客车厂、修车分厂副厂长、中车长客股份副总经理
邸晋英　长春客车厂、财务处长、中车长客股份总会计师（女）
韩凤武　中车长客股份公司副总经理
娄延军　中车长客股份公司副总经理
邵晓明　中车长客股份公司工会副主席
马晓东　中车长客股份公司战略管理部长
刘　波　中车长客股份公司党委组织部长
王　亮　中车长客股份公司党委办公室主任
姚　丹　中车长客股份公司党委宣传部副部长（女）
李万君　中车长客股份转向架制造中心高级技师（劳动模范）
孙书惠　中车长客股份公司企业文化部长
常振臣　中车长客股份公司副总工程师
屈伟健　中车长客试验车间主任、资产管理部长（全国劳动模范）
吕　义　中车长客股份公司技术管理部副部长
张立清　中车长客股份公司质量保证部、党支部书记
杨　洋　中车长客股份公司企业文化部摄影记者

周殿买　　中车长客股份转向架开发部高级工程师
张桐林　　长春客车厂、总装分厂长、中车长客股份第一装配厂长
韩　伟　　长春客车厂、三宝塑钢公司党支部书记
严　刚　　长春客车厂、三宝塑钢公司董事、总经理
郝　博　　长春客车厂、三宝塑钢公司技术部长
李盛祥　　长春客车厂、三宝塑钢公司生产部长
邢万重　　长春客车厂、三宝塑钢公司管理部长
孙甲彦　　长春客车厂、三宝塑钢公司质量检查组长
崔积湖　　长春客车厂、三宝塑钢公司经营部长
侯　巍　　长春客车厂、三宝塑钢公司财务部长（女）
张雅君　　长春客车厂、三宝塑钢公司经营副部长
马　乐　　长春客车厂、三宝塑钢公司团支部书记（女）
尹　强　　长春客车厂、三宝塑钢公司工会主席
王济英　　长春客车厂、三宝塑钢公司生产副部长
张维刚　　长春客车厂、设备处长
富金栋　　长春客车厂、设备处党支部书记
张　欣　　长春客车厂、设备处副处长
鲁亚光　　长春客车厂、引进设备维修中心主任
姜晓光　　长春客车厂、设备处高级工程师（女）
于长文　　长春客车厂、设备处工程师
李　智　　长春客车厂、设备处高级工程师
刘　振　　长春客车厂、设备处工程师
王　巍　　长春客车厂、设备处高级工程师（女）

彭　飞　　长春客车厂、设备处工程师

刘维良　　长春客车厂、设备处高级工程师

马丁·拉斯　　美国陆战一师士兵（朝鲜战争曾被俘受到优待释放）

刘波说：美国当地时间2014年10月22日下午，马萨诸塞州交通局正式批准了向中国中车长客股份公司采购284辆地铁车辆，装备波士顿红线和橙线地铁。长客自2010年起就跟踪波士顿地铁招标，这是中国轨道交通装备企业在美国面向全球招标中首次胜出登陆美国。此举将极大提升中国公司的国际品牌形象和推动中国高端装备企业走向全球。

在这值得庆祝的时刻，受郭坤的委托中车长客股份公司代表专程在波士顿看望了这位时年82岁、子孙满堂的美国陆战一师老兵马丁.拉斯说：这批地铁车辆为美国马萨诸塞州交通局在波士顿及周边都市圈运行的快速列车，车体采用不锈钢材质，采用全动车结构，列车运营时速为63英里，服务年限至少30年；列车的结构强度、控制安全等方面采用美国标准。马丁·拉斯先生老泪横流高兴地说：美国和中国都是世界上最强大的国家，祝愿我们两国人民世世代代友好地相处，幸福地生活！

序　幕

1965年7月1日，中国人民解放军总司令朱德元帅在玉泉路挖下北京地铁第一锹；挥毫写下“铁轨有度量过往，乾坤无限定未来”的伟大诗剧（时任铁道部部长段君毅、长客厂厂长阎华跟随左右）。中国人民解放军铁道兵部队开始地洞作业，兴建新中国第一条地铁。

2013年金秋十月的中国首都北京，初升的太阳刚刚跃出地平线。威武雄壮的武警国旗护卫仪仗队阔步走过金水桥……在天安门广场举行升国旗仪式（原始镜头回放：开国领袖毛泽东为“人民英雄纪念碑”揭幕祭碑文）。镜头掠过：雄伟壮丽的天安门广场……从人民大会堂、人民英雄纪念碑东侧，沿着宽阔平坦繁华的长安大街往东（镜头掠过地铁牌匾标识）：“地铁东单站”“地铁王府井站”“地铁北京火车站”等标识清晰鲜明；沿着地下通道走过安全检测线，进入建筑宏伟、壁画富丽堂皇的地铁大厅，中车长春轨道客车股份有限公司制造“CCC”商标格外醒目；地铁电动客车往返穿梭……往南出口是北京火车站耸立着候车大楼——北京站（京哈线）、北京西站（京武，京广线）、北京南站（京津，京沪线）高速铁路纵横交错贯穿长城内外、大江南北；中国制造“和谐号”轨道电动客车高速动车组列车南来北往、风驰电掣……阎华手握文明手杖久久地伫立着、注视着远去的“和谐号”高速铁路动车组列车神情凝重……此时，北京火车站楼顶的报时大钟，奏响悠扬庄严的《东方红》乐曲，随即时钟雄壮地敲响九点整。阎华先生那饱经沧桑的脸上，情不自禁地流淌下了激动的泪水！“活着是幸福的，工作和生活是美好快乐的！”

第一章 抗日烽火燃烧在中国山东大地

公元1931年9月18日，日本军国主义在中国发动九一八事变整个东北沦陷（中国共产党领导的“东北抗日联军”英勇抗击日寇）；1937年7月7日又制造了“卢沟桥事变”导致华北沦陷后，日本军国主义罪恶侵略铁蹄又踏进了山东半岛。东营、淄博、济南先后遭到日本军队残酷大屠杀，日本鬼子烧、杀、抢、掠，奸淫妇女无恶不作（城镇、乡村被日军集体屠杀的男女老幼，尸体成山，血流成河），激起整个山东大地抗日烽火遍地燃烧。山东大学老师和学生们热血沸腾，愤怒地抗议声讨……激动愤怒泪水从阎华那张年轻学生的脸上流淌他在呼喊着……“同学们：我们要报仇……我们去参加八路军抗日救国！”……阎华、贾清波、王干、赵学义、李笃厚、郑旭光、刘涛等人毅然决然去参加了八路军，奔赴抗日战场勇猛冲锋、奋勇拼杀屡获战功；先后在火线上加入了中国共产党组织（入党宣誓：我自愿加入中国共产党，遵守党的纪律，不怕困难，不怕牺牲，为共产主义事业奋斗终生！）。战场负伤后党组织为保存知识分子干部，先后选派阎华奔赴延安，贾清波、王干奔赴北平，赵学义、郑旭光、刘涛去武汉，李笃厚转移山东沂蒙山后方区工作。经过八年艰苦卓绝的浴血抗战，1945年8月15日，日本宣布无条件投降（日本天皇的诏书：原声带），中国人民反抗日本帝国主义对华侵略战争取得了完全胜利。为了正义与和平，中国人民付出了巨大的牺牲与惨痛代价；全国各地、解放区各族军民欢声雷动、敲锣打鼓、载歌载舞庆祝伟大的胜利。随着解放战争在山东胜利结束，李笃厚随陈毅、粟裕华东野战军南下；在湖北武汉转入地方政府工作。（牢记使命，继续前进，高唱军歌：向前，向前，向前……）

第二章 饮马长江纵横驰骋天下，建国成功论艰苦创业

1952年9月，湖北省武汉长江岸边的省政府招待所会议室里：正厅前台上方悬挂着横幅“国家交通运输车辆制造业经济管理干部、业务技术理论培训研讨开班会”。

1.正在召开的“国家交通运输车辆制造工业干部技术理论培训班”开班会场景：湖北省工委书记赵学义主持会议并讲话：同志们：从1840年鸦片战争开始，我们的祖国经历了一百多年的屈辱和磨难……此刻，抵抗强敌妄图把新中国扼杀在摇篮里的抗美援朝战争还在激烈进行。带着百年动荡和战争的累累伤痕，党和政府正在研究、制定中华人民共和国第一个五年计划，将为一穷二白的国家，播下支撑独立自主的国民经济工业体系的一百五十六颗希望的种子。一百五十六颗希望的种子，孕育着新中国民族工业的基础，寄托着祖国和人民建设富强、民主、文明、法治国家的强烈期盼。

2.我们共产党领导全中国人民经历了八年艰苦卓绝的抗日战争和三年解放战争；为了创建新中国，为了全中国各族人民能过上好

日子，无数革命先烈前赴后继，流血牺牲英勇奋斗、献出了宝贵的生命，现在我们已经取得了伟大的胜利，已经建立了人民当家做主的新政权，建立了新中国！可是“树欲静而风而不止”……美帝国主义已经把战争的大火烧到了我们的家门口。艰苦卓绝的抗美援朝战争，已经进行两年多了，我们付出了巨大的人力物力牺牲；为了保卫新中国、维护世界和平和国家安全人民生活稳定，我们中国人民志愿军毅然决然地跨过鸭绿江进行抗美援朝；这是一场武器装备运输能力差距悬殊、很不对等的现代化战争，还在残酷地进行着……我们的干部和战士使用的是原始简陋的武器装备，在没有制空权，后勤保障补给供应跟不上；我们的干部和战士忍饥挨饿，没有棉衣、缺乏弹药的情况下，与武装到牙齿的帝国主义侵略者进行着殊死的战斗……我们国家是一穷二白的农业大国，工业基础薄弱，也没有自己制造的运输车辆；我们中国人民志愿军现在使用的运输车辆，都还是在八年抗日战争和三年解放战争中缴获来的，这些车辆装备都是“万国牌”的，由于没有配件更换无法维修，有时只能忍痛丢掉车辆装备……我想说只有强国才能强军——这是血的教训呵！

3.今天我们就是要研究，要想办法创建新中国的工业基础，要创建我们自己的交通运输车辆装备工业基地，制造出我们自己的品质优良、安全可靠的交通运输铁路车辆装备！这个发展注定是要历经共和国建设的风风雨雨，历经波折……但是，我们一定可以有“新中国制造”的飞机、汽车，首先要有新型铁路运输机车车辆工业制造企业，为形成我国铁路运输大动脉提供装备支持。现在就要下定决心，要有创大业的志气和“霸气”……艰苦创业物资匮乏，工业基础从无到有会带来强制约束力；而我们的知识分子干部是党和国家的宝贵财富，既要具有很强的专业知识、科学技术和管理能力，又要在实践中能够不断地学习创造、能够充分有效地发挥聪明才智，并且能不耻下问；能够充分借鉴国内外先进经验和方法加以利用，这就是为建设新中国实现工业强国梦而进行艰苦创业成功最有力的“武器”。

4. 我们都是来自五湖四海的知识分子干部，是党和国家的宝贵财富；刚刚从战争的废墟上开始建国，以毛主席为首的党中央就选派抽调各位优秀知识分子干部，来研究制定我们国家建设发展大计，我们共同肩负着重大历史责任，任重道远，既要从长计议，还得速战成功啊……国家正在计划修建飞机场、修建公路和铁路，要形成全国铁路运输大动脉，创建汽车和铁路机车车辆工业企业，可是我们没有“本钱”呵，我们需要大量的钢铁、水泥、木材资源，可是现在湖北省不具备还没有这些资源和能力，就得从全国一盘棋着眼布局……请同志们集思广益，畅所欲言啊！

阎华说：为了保卫和建设新中国，我们要千方百计搞好经济建设，保障人民的生活。抗美援朝战争还在激烈残酷地进行着……我们国家现在非常迫切需要发展经济，保障民生，支持抗美援朝战争；保家卫国还得靠发展国民经济的实力，我们必须要有强大的基础科技工业做支撑，燃眉之急是铁路交通运输车辆装备工业首先要取得成功，这就能使我国铁路运输经济大动脉畅通无阻，商品资源流通活起来……

阎华继续说：目前由苏联帮助援建的我国第一个汽车制造厂已经在东北长春开始筹建，成功后第二个汽车制造厂是否可以在武汉建厂呢？那么我国首个“新造铁路客车厂”是否也可以在东北的长春筹建，与第一个汽车制造厂成为：相互援助、相互借鉴、相互依托的兄弟工厂的建议是否可行？如果这样，东北马鞍山的钢铁、吉林丰满的电力、长白山的木材资源，已经具备了提供成功建厂必要条件。为了国家铁路运输业安全可靠长远发展大局，我们进行了调研并听取了各方面专家们的建议认为：还是在东北长春选址建厂为好！

郑旭光说：在经过一百多年战争创伤的土地上播下希望的种子，在一穷二白、国际环境恶劣的条件下，让希望的种子依靠自力更生，生根发芽茁壮成长，直至长成参天大树，注定要经历难以预料的重重磨难，注定要由几代人的爱国、奉献、创新、超越，勇于担当起发展大型国有企业的历史责任的宽广胸怀，注定要涌现出许许多多令我们无法忘记，值得历史永远铭记的英雄建设者。祖国和人民不会忘记为发展新中国铁路机车车辆工业企业而不屈奋斗的人们！

5.（会场内）压抑着的兴奋、低沉的欢声笑语，气氛热烈而庄重；来自全国各地久别重逢的老战友们：阎华、贾清波、赵学义、郑旭光、王干、李笃厚、刘涛和李莹、姜颖、石蕴霞等人欢聚一堂，畅谈分别后艰苦工作经历，如今为了一个共同的创业目标“豪迈饮马长江胜利会师”，准备将自己的知识、工作经验和智慧，为建设新中国，发展工业交通运输车辆制造业的伟大创业目标,贡献力量的激动心情及大局观念和创业意识！

王干说：多年南征北战如今相聚又继续艰苦创业令人心驰神往，同时儿女情长畅谈理想、爱情和家庭……天长地久也正当其时；我们身边的战友、无数革命先烈，前赴后继英勇流血牺牲建立了新中国，就是为了全国人民能过上好日子、生活美满幸福……我们现在国家是一穷二白，老百姓生活还很苦，人民生活很困难，我们必须进行艰苦创业，一切重新开始，从现在开始肩负起从事“建设者”新的历史使命……一步一个脚印，贡献青春的智慧和力量进行艰苦创业，建设强盛工业国家……

6.李笃厚说：信仰是一面旗帜，信仰就是力量！党和国家的需要就是我们的志愿，服从国家的需要，听从党的指挥和安排是我们义不容辞的神圣使命。人生有意义应坚定信念，志存高远，铸就理性思考，多读历史精品，求真务实才能服务国家，服务人民；想想我们身边那些牺牲的战友，在饥饿和苦难中与敌寇殊死搏斗，把青春热血献给了新中国的解放，献给了祖国和人民，令我深切怀念永远不会忘记……我们都经历了九死一生，可我们现在还活着，青春热血熔积武汉重相逢已经很幸运、很幸福了呵……为了建设新中国继续进行艰苦创业，为家庭谋幸福，为人民送温暖，为社会做贡献。工作着生活是美好的！无论党组织安排到那里，都会与我们的干部和战士一起与人民共患难，不断创新努力工作，建设我们美丽的家园……存敬畏，手握戒尺，严守政治纪律与政治规矩，严守党纪国法，任何时候都要坚守底线，不踩红线。务必培育良好家风，管住管好家庭关、亲情关，坚决反对特权思想，对子女、配偶和身边工作人员，严格要求，要防止各种利益输送等违纪行为。

贾清波说：建国创业努力工作，创业战场那么大——东北虽然很冷、很艰苦，我想去看看；世界那么大，去留本寻常。先立业即成家“爱有多销魂就有多伤人”……侠之大者，作为共产党员在和平时期奋发图强，再为国家和人民建功立业理所当然，义无反顾！

李莹、姜颖、石蕴霞（妻子们一起说）：做好“贤内助”，被党和组织信任是一种快乐！党的事业革命工作需要一代又一代人努力奋斗，不断地进行艰苦创业，需要坚韧不拔地刻苦学习，以适应建设新中国经济形势发展的需要，时光非常珍贵！相信“人格魅力”能够创造出无限奇迹！诚信为人，善美做事；我们不要天上的星星，我们要尘世人间同甘共苦的生活幸福！……忆往昔感天动地为了创建新中国，为了世界和平与安宁，把自己的青春热血献给了祖国和人民。

军歌：中国好儿女齐心团结紧……

七股绳，八股绳，扭成一股绳一起向前冲！

七股绳，八股绳，扭成一股绳勇敢向前冲锋！

团结就是力量，团结就是力量！

力就是铁，量就是钢！比铁还硬，比钢还强！

为了全世界人民和平，为了新中国人民富强，

我们勇敢向前，我们勇敢向前进！

冲破帝国主义的封锁，打败美帝野心狼！

第三章　抗美援朝战争艰难的岁月

公元1950年11月29日中国人民志愿军抗美援朝战争，朝鲜半岛西部松骨峰战场（原始战地摄影镜头回放）。

中国人民志愿军副团长郭坤他趴在阵地上，拖着被炮弹炸伤流血的腿，双手掌紧贴地面，伤痛难耐，拼命跃起投弹冲锋迅速端起轻机枪扫射。鲜血粘在他的头发和衣服上，掩盖在脸上的灰尘和污泥下。

美军飞机投下重型凝固汽油炸弹燃烧起的熊熊烈焰中，中国人民志愿军主力团长范天恩团的子弹耗尽，官兵们英勇顽强前赴后继，青春热血撼天动地，用嘶哑的声音呐喊着："为了祖国和人民，为了胜利，七股绳，八股绳，扭成一股绳一起向前冲！"……

王树增说：官兵们用带着弹孔的身体死死地拖住美军士兵，直至双方都被烧焦。范天恩、郭坤和他的士兵曾用血肉之躯经历了世界上最残酷的战斗。士兵，战争中最普通、最重要、最大数量的人，那些在极其艰苦的战争条件下进行了举世无双的英勇战斗的志愿军战士，即使时光过去依然值得我为他们动人的生命故事而可歌可泣：他们曾穿着单衣埋伏在寒冷的盖马高原上，然后开始徒步追击美军的坦克；

他们曾一波倒下第二波跨过尸体继续冲锋，哪怕战斗到仅剩一人；他们曾在大冰河边一个接一个用身体滚过雷区，为冲击部队开路……每一个人都那么年轻，却牺牲得惊天动地，为今天生活在和平与幸福中所有中国人记住；记住为了保卫新中国我们这个中华民族曾有过如此优秀的儿女，记住我们这支军队曾有过如此不屈的精神。我们必须记住，因为他们与我们血脉相连，他们与我们走在同一个民族复兴的伟大历史的进程里。

第四章　祈盼和平
——抗美援朝战争硝烟散去

朝鲜半岛开城市区西北来凤庄，这个美丽的名字注定要载入世界史册。

朝鲜战争停战谈判进行两年多（原始战地实况摄影镜头回放），朝鲜战争停战协定正式签字的时间是：公元1953年7月27日上午10时。签署的文件是《朝鲜停战协定》和《关于停战协定的临时补充协议》。根据停战协定中“签字以后十二小时正式生效”的条款，在签字后的十二小时内，整个朝鲜三八线几百公里的战线上，空前猛烈的枪炮声撼天动地。曳光弹、照明弹、信号弹把整个朝鲜半岛的天空打的通红。宛如这里又开始了一场新的大规模的战役。——战争的双方都要在最后的十二小时内显示出自己火力的强大，证明自己斗志的不屈。

二十七日晚二十二时，战线突然沉寂下来，这是一种“奇特的突然”。寂静了一下之后，前沿阵地上双方官兵从战壕中探出头来，然后一起欢呼、跳跃、仰望天空……美军陆战一师士兵马丁·拉斯这时看见了夜空中悬挂着一轮明月，“好像是中秋时节一只中国灯笼”……

郭昆走上了还冒着硝烟的前沿阵地。几个小时前这里还在激烈战斗。一队担架抬着中国士兵的遗体走下来，郭昆掀开每一个担架上覆盖着的白布，渐渐地，他的眼睛里充满泪花……他哽咽地说：“就差几个小时，他们这么年轻……把他们的名字记下来，掩埋好，立上个牌子……”从地下传来旧吉普车的低沉的轰隆声。走下阵地的时候，郭昆突然命令吉普车停下来。他下车之后，在路边的泥土中，捡出一只满是弹洞的白色搪瓷水杯，水杯上红色的字是：“献给最可爱的人。”……郭昆捧着这只水杯久久地不说话。他走得很慢，从不曾如此寂静、缓缓地飘拂着战争硝烟的阵地上迈动着安然坚定的脚步，脸上是令人敬畏的沧桑！

（画外音）回顾朝鲜战争，中国人民志愿军总司令彭德怀元帅说：“中国人民志愿军，铁军虎将，前赴后继流血牺牲打出了大国的威风和地位！在三年激战之后，资本主义世界最大工业强国的第一流军队被限制在他们原来发动侵略的地方，不仅不能越雷池一步，而且陷入日益不利的困境。这是一个具有重大国际意义的教训。它雄辩地证明：西方侵略者几百年来只要在东方一个海岸上架起几尊大炮就可霸占一个国家的时代是一去不复返了……”（原始镜头回放）

我们用鲜血和生命保卫了世界和平、保卫了新中国，我们还要用勤劳勇敢的智慧和汗水建设新中国，用自力更生艰苦奋斗的力量搞好生产发展经济，建设新型工业强国。

第五章　凯　　旋
——参加创建长春铁路客车厂

1953年8月29日金秋时节，鸭绿江大桥——朝鲜与中国东北边境地区。首批中国人民志愿军凯旋，正跨过鸭绿江大桥（高唱雄壮军歌：雄赳赳气昂昂跨过鸭绿江，卫祖国保和平就是保家乡；中国好儿女齐心团结紧，抗美援朝打败美帝野心狼）。

1.一支又一支抗美援朝中国人民志愿军坦克、炮兵和装甲车辆部队开始从公路、铁路凯旋（原始镜头回放）；蒸汽火车头牵引汽笛长鸣——拥挤的车厢里乘坐着中国人民志愿军伤残官兵和医护人员。战士崔贺光：我刚刚做了一个美梦：我已经回到了北京，在雄伟的天安门广场站岗，护卫着国旗……晚上我围着人民英雄纪念碑奔跑着跑啊……仿佛还梦见了我的父亲和母亲在热切地呼唤迎接我……还说让我赶紧回家娶媳妇，俺媳妇长得真的很漂亮，真的很美！战士苑正范：好一个“家国情怀”，梦想成真呵！言必信，行必果，有信仰，有梦想就会有力量，保卫国家安全人民幸福生活！生命生生不息的创造，意味着人类千百年来的文明史，文明在战争与和平的交替中更新、撕裂、再生、绵延，所以我们拥有了今天依然令人感概不已、遐想不已、思索不已；因为战争的历史能够催生伟大与光荣。——刻骨铭心令人奋发图强、坚强的意志与科学态度为保卫国家建设发展贡献青春力量。排长薛祥：人生有意义应坚定信念，志存高远；铸就理性思考，多读历史精品增长才干……求真务实，服务国家，服务人民；宁心静气地思考，不要沉湎于虚无缥缈幻想之中。一家一国一梦想呵！把家国情怀融入基因，做有志气有报负的青年，个人前途取决于国家前途，个人幸福取决于国家富强……刚刚经历了抗美援朝战火纷飞的枪林弹雨，历经千难万险生与死的考验，此时此刻回想起身边已经牺牲的战友，我们现在已经幸运地活着回到了祖国，就要见到了家乡的亲人，珍惜大学生活感悟深刻：人生要有彼岸情怀，一个战士人生的意义在于保卫国家、建设富强的新中国，在于“活着是幸福的，工作着生活是美好快乐的！”我们都是共产主义青年团员，有了这段光荣经历，以后就是遇到什么样艰难困苦，我想再也不会有人叫苦了……

“说得好啊！”李恒才团长带伤拄着拐走过来高兴地说：“我们不仅在战场上是英雄，还要成家立业，结婚娶妻生子，加速培养革命事业接班人呢……这也要决战决胜，成为新时期的英雄大家说对吧？”全车厢欢呼：“对的！”战士苑正范：“这也是革命事业需要的！”……李恒才：“对的小鬼，转业地方后还要继续努力做好宣传工作，还要使更多的人能知道并且记住我们这段光荣历史；能够珍惜并能发现“工作着，生活是这样的美好！”……用人生整个的青春时光回报父母，回报党的关怀，回报国家和人民……孟庆学土改时是孟村长，抗美援朝是中国人民志愿军的孟班长，请孟班长给我们来一个革命的乐观主义精神可以吧？好啊！（大家鼓掌）……“乌拉草”是个宝裹暖脚！

东北黑土地沃野千里，高粱红了，丰收在望。沿着中国东北蜿蜒着的公路，一辆军用吉普车正在飞速疾驶：郭坤目视远方在听取秘书报告：“首长，中央军委命令到了，请您即刻赶往长春火车站集合留守部队，吉林省委和长春市政府领导同志在等待联系；并就地安排和接收部队的伤病残干部战士和医护人员，就地治疗安置、留驻待命。同时命令中又说：党中央和毛主席十分关心这支英勇善战的英雄部队，已派延安时期老领导阎华同志前往长春，主持领导慰问工作，以及安排处置相关事宜，请您前往报到。“感谢党中央和毛主席……阎华首长也亲自来迎接我们了……已经八年多未见面了……真高兴！”郭坤神情凝重热泪盈眶喃喃地说。回忆往事。

2.（镜头回放：抗日战争时期古城延安宝塔山下，日军飞机狂轰滥炸、扫射，地面炮火击落敌机的情景）曾经在延安时期，用七年多时间亲身感受过毛泽东主席和朱德总司令领导作风的阎华，深信坚持毛主席和朱总司令倡导的军事战略，在繁忙处置全国抗日战场部队人事管理及物资供应等各项关键情报工作……郭坤是阎华的保卫秘书，工作精心细致，靶场练兵训练有素，生性风格剽悍，在抗日战争胜利之即由于党组织军事工作需要调动，郭坤与阎华依依惜别离开了延安。

（战地原始镜头回放：阎华在延安“抗大”学习和毕业典礼情景；郭坤被派往野战部队跟随林彪出山海关，奔赴东北战场，冒着敌人的炮火率部冲锋陷阵、勇猛厮杀的情景撼天动地）吉普车在公路上急速飞奔：郭坤从回忆中醒来默默地说："精神的核心是信仰，信仰品质是忠诚！"回味着向车窗外远处兆望……

3.一支又一支抗美援朝中国人民志愿军铁道兵、坦克、炮兵和装甲车辆部队从公路、铁路凯旋（军歌嘹亮，原始镜头回放）长春市凯旋公路两旁搭起的彩门，悬挂着大横幅标语格外醒目"祖国和长春人民热烈欢迎抗美援朝人民子弟兵凯旋！"长春人民载歌载舞欢迎子弟兵情景，令人热泪盈眶，心驰神往……

长春火车站：蒸汽火车头牵引汽笛长鸣——站台锣鼓喧天，欢迎的人群队伍载歌载舞，欢笑一堂庆祝胜利。郭坤等人快步走向阎华："报告首长，郭坤率998名伤残官兵及医护人员向您报到……"激动得紧紧握手依依惜别，阎华示意介绍：郭坤快步向前，与前来迎接的吉林省委副书记、长春市长周光和副市长李承琨等长春地方领导亲切握手致意，"感谢祖国和长春人民的深情厚谊！"意犹未尽……

刚刚回到祖国，踏上东北黑土地，面对长春市人民载歌载舞欢迎的队伍和人山人海围观欢腾的人群，郭坤肃立起敬军礼……阎华微笑示意，市长周光说："现在请抗美援朝英雄部队的代表郭坤同志讲话"……郭坤激情地说……（画外音）朝鲜战争是第二次世界大战结束后参战国最多、死伤人数最多的一场战争。美军装备先进，火力强大，机动速度快，在那块"世界上最不适宜大兵团作战"的地区，武器装备极其悬殊的交战双方，构筑了世界战争史上最复杂的工事，跨洋过海登陆朝鲜半岛的美军，实施了将这块土地变成"世界上最没有用的地方"的轰炸，而为了保卫世界和平，保卫新中国出兵朝鲜的上百万中国人民志愿军干部战士用年轻的生命和热血，进行了撼天动地的殊死战斗!

4.火车站广场悬挂着横幅标语格外醒目“祖国和长春人民热烈欢迎抗美援朝人民子弟兵凯旋！”“热烈欢迎英雄的人民子弟兵留驻长春建设美好家园。”……（镜头略过：日伪满洲国新京的建筑、西安桥外西北部荒原：关东军废旧机场、炮楼、沼泽地、坟场。）

长春市长周光与阎华说：首批先行安排和接收的伤病残干部战士及医护人员，已经送往已清理整洁的基础医疗设施最好的“医院基础楼”就地治疗安置、留驻休养待命。阎华与周光说：安置的同时建立“荣誉军人疗养院”，对失去自理能力的志愿军伤残干部和战士，组织上要选派政治可靠的年轻女同志帮助照顾，尤其是选派共产党员、共青团员中年轻女同志帮助照料，并在自愿结合情况下可以安排结婚成家。同时命令抽调警卫部队官兵到西安桥外西北部荒原（日本关东军遗留废旧机场、炮楼、沼泽地）自行建设“干打垒”简易营房及练兵操场、足球、篮球场地等设施……

远方又传来老部队自编自唱悠扬的军歌：“七股绳，八股绳扭成一股绳勇敢地向前冲！冲破帝国主义的封锁，打败美帝野心狼!”

阎华在郭坤等人陪伴下站在土山坡上久久凝立的日日夜夜里，在运筹帷幄精心谋划建厂方案和工厂发展战略布局。在工作间隙休息片刻，淌过满是泥泞的沼泽地……仿佛在写一首诗，仿佛在唱一首歌；仿佛又听见了战场上的厮杀声和悠扬嘹亮的冲锋号声！……“七股绳，八股绳扭成一股绳，勇敢地向前冲！……”的军歌在夜空中回荡……工作着是幸福的、生活是最美好的；无数革命先烈前赴后继流血牺牲，我们的付出换来的是国家强盛，人民的生活幸福……仿佛又看见了一无所有的志愿军伤残干部和战士的坚强战斗意志：他们在走向新的战场上的时候镇定而从容……无数子弟兵这样照料下，愈合了伤口，强壮了身体，重新走向了远方新的战场——在中国东北长春西部荒原这片黑土地上，迎接那布满如同沟峪堕般皱纹的笑脸，那如同老树般粗糙硬实的双手，那在所有全无、甘愿倾其全部，是一辈子刻苦铭心的依靠和难以忘怀的境遇；他们已经铁了心将自己的命运与创建长春铁路客车工厂的命运紧密联系在一起，他们甘心情愿与自己即将创建的工厂承担苦难……为了迎接新中国经济发展、建设工业强国时代来临时，理性的期盼走出《和平崛起》的困境、克服千辛万苦的坚忍不拔的付出……

（举行集体婚礼场景）：一杯清茶，一把糖果，一个苹果俩人咬着游戏生辉；虽然没有婚宴酒席，但一群又一群青年人仍然欢欣鼓舞，兴高采烈感觉很幸福；载歌载舞欢聚一堂祝福着、庆贺着……包括志愿军大学生官兵、朝鲜族、蒙古族志愿军护士和干部战士们，还有来自大连和青岛技术学校刚毕业的学生，近千人在祝福，放声歌唱："红太阳照边疆，千山万水披霞光，长白山下歌声嘹亮，松花江两岸稻花香……唉嘿，各族军民斗志昂扬，保卫祖国、建设边疆，共产党领导着我们胜利向前方……红太阳照边疆，千山万水披霞光，长白山下歌声嘹亮，松花江两岸稻花香……唉嘿，自力更生奋发图强，保卫祖国、建设边疆，毛主席指引着我们胜利向前方！"……阎华和郭坤等人在欢庆喜笑、兴高采烈的人群里祝福！夜幕下篝火通明，欢乐的歌声此起彼伏随风荡漾……请你告诉我……请你说说天上的星星有多少？我会告诉你很多、很多……

第六章　工厂创建初期
（1954年至1960年）

中国东北长春郊区西部荒原，创建“第429厂”——长春铁路客车厂。

筹建初期：一波三折选厂址

贾清波：1953年是国家开始实施发展国民经济第一个五年计划建设时期，党和国家对铁路运输事业和铁路机车车辆工业的发展非常重视，在安排原铁路工业进行改造和扩建的同时，决定由第一机械工业部规划、建设新中国专业化的新造铁路客车工厂。

1954年2月间，第一机械工业部部长办公会议就建设铁路新型客车制造厂做出了四条决定：1.产品定型为20世纪50年代较为先进的苏联刚刚进行批量生产的北京-莫斯科全金属远途客车；2.建厂规模暂为年产硬席卧铺车900辆规划发展为1300辆，厂区占地面积100公顷；3.厂址选择按国家工业布局、国防要求和主要原材料供应等条件，设在东北地区；建厂设计由第一机械工业部负责并聘请苏联专家参与；4.1954年6月开始组织建厂筹备工作，并正式成立新型铁路客车制造工厂筹备组。

筹备组共九人，贾清波任组长、孙德山任助理，在北京前门办公。首先学习苏联专家万莰威格著的《厂址选择与设计基础资料汇编文件》，做了选择厂址的业务知识和技术资料等方面准备工作。厂址选择按照国家的工业布局、国防要求和主要原材料供应等条件，经反复研究推敲首选设在东北地区。7月下旬，选厂址工作组由北京启程赴东北沈阳、哈尔滨、长春进行实地考察。

贾清波向长春市有关领导汇报了国家拟在东北地区新建铁路客车制造工厂的计划、规模及厂址的要求。长春市领导很热情地接待选厂址工作组的同志，责成城市建设委员会协助并介绍了市政建设情况和可供选择厂址的区域，并陪同进行实地勘察。

同时对拟选厂址地域进行了钻探，观察水文地质情况并绘图收集有关资料后，贾清波说："经过近日来全方位专项的，对从地质地理到经济地理以及建厂投资、建厂后经济效益等诸多方面进行细化分析比较，认为长春西部荒原已经具备条件可以建厂；从工业布局来看长春是一座新兴城市，而且长春市政府正在拟选厂址一带已经开始规划工业区；从建厂投资来看，这里与铁路接轨仅半公里多投资较少，电力投资也较少，分析比较后的结论是：长春市政府积极支持在长春西部建厂；拟选厂址处是由三个军事用地的区域相连接"。

同时，长春市长周光和副市长李承琨为落实厂址多次与国务院、国防部的领导反复协商，以取得这些单位同意。

新建长春铁路客车厂筹备组立即呈报《设计、计划任务书》：

一、符合战略需要。西方资本主义对中国实行经济封锁只有苏联在经济上给予中国援助，符合中央战略利益。二、有利于工厂规划长远发展。厂址控制区面积5500余公顷，且地势平坦，西、北两面均有广阔余地供发展建设。三、有利于材料及电能供应。客车制造既需要大量钢材、木材、又需要充足能源，距离钢都鞍山、木材大兴安岭和丰满水电站均较近。四、有利于加快建厂进程。在原日伪时期遗留飞机场旧址建厂，不必占用农田。五、有利于依托城市。厂址离铁路干线、煤气场、供水干道较近，可充分利用城市公用设施。六、有利于解决职工居住问题。当时长春市建设街以西、西安桥以东区段可以腾出部分空房；市政府同意提供部分职工住房以解决建厂初期急需。

咬定目标不动摇：中央人民政府批准筹建“第429工厂”

中央人民政府于1954年7月批准筹建。8月11日，国家建设委员会通知第一机械工业部，批准了新建铁路客车厂的厂址选择方案：“同意你部将长春客车厂建于空军宽城子飞机场；有关飞机场迁移与费用补偿由你部与军委联系办理。建设规模按年产铁路客车1600辆，总投资概算12865万元进行工厂初步设计”。

但在审批时做了调整：10月28日国家计划委员会批准设计任务书，同意工厂建设规模为年产苏式铁路客车1000辆，其中硬席寝车750辆，软席寝车250辆，并预留空地考虑长远规模有增加产量60%的可能。建厂总投资由12865万元削减为7208万元，建设年限为1957年至1960年建成。国家计划委员会将建厂规模：由原年产铁路客车1600辆减少为1000辆，同时削减投资，这种严重违背科学经济规律的做法引发激烈争论。

1955年12月国家第一机械工业部决定采用“第429工厂”代号，正式成立长春铁路客车制造厂筹备处。工厂筹备处主任阎华、副主任贾清波。阎华：将建设规模由原年产铁路客车1600辆减少为1000辆，这是既不讲究科学发展规律，也不是实事求是的态度，这样做只能给国家经济、工业发展造成极大的损失和巨大的人力物力浪费……

阎华：“从工厂发展大局出发，根据国民经济发展对铁路运输的需要和为国家节省投资原则，经多次建议、并向党中央和毛泽东主席呈送报告，再次建议工厂建设规模按年产铁路客车1600辆一次建成，得到批准。至此，本着负责任态度工厂几经周折，终于获准年产铁路客车1600辆一次建成方案，为工厂的长远发展奠定了基础。”

几番争取定规模：坚持高起点、高标准建厂

长春客车厂是新中国第一个五年计划期间由我国自行设计建设的大型铁路客车制造工厂。建厂时借鉴了国内外许多有益的经验，经过充分论证，采取当时国际上较为先进的客车生产方法；在设备配置、生产工艺、设计工作中，一开始就尽可能多的采用一些先进的技术装备和工艺方法，以期建成后，工厂的生产技术水准有较高的起点，缩短与发达国家客车生产技术的距离。

阎华说：工厂从筹建以来就建议，建设规模按年产量1600辆的设计关键车间得以批准，这为工厂形成大批量生产能力奠定了基础；并为工厂长远发展，严格按照这个基建规模设计规划厂区道路、建设高

大阔卓合理的世界一流的铁路客车厂房设施的工业布局，只有获得社会主义国家苏联的帮助才能得以完成！我们所采取的严格按照工艺流程的先后顺序合理布局，就是要一步到位，硬件建设达到世界先进水平；“不盲目行事，坚持科学态度”是完全正确和必要的。

1955年12月，工厂筹备处主任阎华、副主任贾清波等会同施工单位的代表签订《第429厂建厂总进度协议书》商定决策。由于工厂的基建规模设计屡经变动，又不能久拖不定，只得采取了边设计边施工的方案。

1956年8月，工厂筹备处依据国家建委批准年产1600辆客车的规模，由上海设计第二分局依此意见修改了技术设计。工厂从筹建以来就建议按年产量1600辆设计的关键车间得以批准，这为工厂形成大批量生产能力奠定了基础；按这个基建规模设计，得到了苏联专家米洛维多夫同志提供的技术资料和具体指导，并借鉴了苏联改进后的加里宁铁路车辆厂基建厂房规模。工厂即与东北第三工程公司，沈阳机电安装公司、上海设计第二分局、华东工业设计院共同汇编了建厂总进度的计划；同时为做好基建施工准备，工厂组织已进厂的干部和职工（其中包括抗美援朝中国人民志愿军伤残康复的官兵及警卫部队），在社会力量的支援下，配合长春机械化施工站，开始清除厂址内段的废墟、路基和杂物，平整场地。（口号震天，军歌嘹亮……）

4.1956年11月23日，工厂筹备处主任阎华、副主任贾清波等会同施工单位——东北第三工程公司第三工程处的代表签订《第429厂建厂总进度协议书》，双方同意按国家批准的建厂期限，于1957年下半年开工，第三季度开始土建，1959年第三季度建成投入生产。

1957年开始土建施工，一边土建，一边开始安装设备和着手生产准备。1957年7月1日，工厂按预定计划举行土建工程开工典礼。（场面简朴而壮观）之后，机械化施工队破土挖掘水塔工程基础坑，工厂的基建工程全面展开。这一年开工的项目有：地下各种工业管道、路基、水塔、水泵房、停水池、锅炉房、工具车间、机修车间、动力车间、铸铁车间、备料冲压车间、第二车间组（机械车间、配焊车间）、第一车间组（车体车间、总装车间）、木工车间、中央实验室、厂区供变电设施、通信设施等。为加快建厂进度，工厂委派副厂长冯贤义、武装部长郭坤与施工单位共同组成联合指挥部，协调施工中的问题。

郭坤（武装部长）快步走向刚集合的基建施工队伍，基建大队长李恒才（保卫科长、原志愿军团长）跑步向前：报告首长同志……郭坤说："这里没有首长，只有武装部长同志。""是，报告武装部长同志！工厂组建1390人的基建大队，按民兵编制分为7个连队投入施工，配合乙方挖地基、浇灌混凝土、建厂房、制造安装设备等项工作；10月底基建大队完成了厂内外排水管道沟、通信电缆沟等18项工程，完成了挖、运、回填任务。请您指示！""很好！同志们辛苦了！要注意安全，保证质量和进度，协调配合继续努力再立新功！"转身对助手吴金升小声说："请后勤部门安排，多烧一些开水，略微加点盐，想法能给每人弄两个略大点的烟土豆吃……"（口号震天……苦不苦？想想红军长征两万五！累不累？想想流血牺牲的老前辈！）

吴金升（原志愿军营长）：跟你在一起工作，再苦再难如同享受！古人云：站如松，卧如弓，有时可以略微弯曲，灵活性与原则性有时需要结合；为家庭谋幸福，为职工送温暖，为国家做贡献，我们工厂的建设发展目标就一定能够顺利实现！我给你提个意见得接受呵！你总是把困难留给自己，把方便让给别人，佩服你的担当啊！最难熬的那一刻挺过去我们就胜利了……

冯贤义、郭坤（联合指挥部办公室）：手握红蓝铅笔，仿佛又在开始一场战役，认真研究思考、反复推移《建厂总进度施工布局工程进度发展图》，“第429工厂”发展战略标识清晰、明确鲜亮……

唐荣智（设计专家）：阎华厂长给长客圈了这么大一片可发展的地界；一个是绿化建了一个森林工厂；一个是抓住技术人员不放，给长客留下了个可以继续发展的底子……非常深刻的记忆：当时生产工作非常艰苦，许多工作都要靠体力，厂房的地基是这一代人一锹一锹挖出来的，砌厂房的红砖是这一代人靠肩膀头，把红砖一摞一摞地举到一米高的跳板上，一块一块地垒起来的；我们曾经在团旗下，后来在党旗下宣誓为共产主义事业奋斗终生，为企业发展，为中华民族工业伟大复兴，为新中国建设发展多做些工作，决心要把自己青春年华一生中最美好时光奉献给企业，这是我们这一代人的真实写照！

王干（副厂长）：为在铁路客车制造方面更快地赶上和超过英国，在制订月份跃进计划时，提出提前三个季度建成工厂，并且决定提前完成扩建任务。在建设工期已经大大提前的情况下，将设计产量再提高到60%，是十分极其艰巨的任务。因为产量加大，必然要引起总平面布置、厂房结构及面积、车间工艺路线和生产组织等方面的许多变化，而现在许多工程项目正在紧张施工，原来的设计已经有许多地方不适用，新的设计又不能马上搞出来，这就需要对施工图纸进行大胆的修改，对现场施工力量进行灵活有效调度……

郑旭光（党委副书记）：为了克服这些新的困难，工厂党委决定调动一切积极因素，组织广大职工开展献计献策。连日来，党委书记、厂长亲自挂帅，召开主要工程技术人员会议和小型“诸葛亮”会进行研究，并号召全体职工大胆提建议；也召开了联席会议，研究如何进一步密切合作，保证跃进计划顺利实现……

杨天民（工厂团委书记）：在贯彻执行这个方针时也并不是一帆风顺的。一部分人认为：建厂的“三阶段”是行之多年的建设经验，如果交叉进行，就会影响基建，损坏设备，造成混乱，会给正式生产带来许多困难……也有人认为：“交叉进行可以，但目前厂房、技术等条件还不具备”，有的甚至说：“缺少设备不能用手拼，工具不够不能用牙啃。”这说明有些领导干部虽然口头上承认，但在实际行动上不愿意积极贯彻，见物不见人，习惯于按常规办事，主张四平八稳……

王干（原国家主席刘少奇秘书）：党委在分析了当时的形势后认为：我们绝大多数干部的思想是健康的，工人的干劲儿是很大的，这是主流。虽然我们面临着一些困难，但由于在大炼钢铁结束后，我厂广泛地进行了社会主义、共产主义教育，广大职工在提高思想觉悟基础上，迫切期待我厂早日生产车辆的心情，也正和全国劳动人民要求尽快改变祖国“一穷二白”的面貌是一致的，因而边基建、边试制、边生产也正是我厂贯彻落实党的总路线的重大措施。只要认真地运用大搞群众路线的经验，前进道路上的困难必然可以解决。我们批驳了那些实质上是坚持少、慢、差、费的右倾思想的人的叫嚷，我们提出："必须鼓足干劲儿在第一季度坚决试制成货车"的号召，接着一个以货车试制为中心的群众运动轰轰烈烈地开展起来了。结果不到20天就做完了按常规需要3个月到半年的工艺准备工作。

贾清波：职工群众献计献策干劲儿十足，没有洋设备就做土的；制造工艺装备没有钢材就用木头、砖头、水泥等代替；没有厂房就用仓库、临时工棚替代；技工不足就快速培训徒工。总之，处处贯彻了土洋结合、两条腿走路的方针和领导干部、技术人员与工人"三结合"的工作方法。例如配焊车间需要40台电焊机但只有12台，就用"三结合"的办法，自制电焊机。机械加工车间没有加工轴箱轴瓦的设备，领导干部就和工人、技术人员一起设计，制造土镗床、土立式铣床。电镀车间没盖起厂房，就用工棚做厂房，没有电镀槽就用水缸、瓷盆代替。这样做的结果，不但没有妨碍基建，而且促进了基建。

李克俭：为了解决生产关键，如期出车，工人自制土设备48台，非标准设备73台，工艺装备362套，提出革新建议4000多项。试生产还带动了徒工培训工作，椐7月末统计，在全厂的徒工中，有三分之二已能独立操作，并成为生产中的重要力量，其中有不少人已成为革新能手和标兵。通过试生产，丰富了领导经验，改进了材料和协作件的供应工作，而且提高了工人的技术水平。这难道妨碍正式生产吗？可见说基建、试生产和生产交叉进行会带来困难的论调是错误的。职工群众反映的迫切要求和愿望，是放手发动群众，高速度建设工厂，建设社会主义经济强国的根本路线。

5.1958年8月，中央决定把铁路机车车辆工业移交铁道部管辖，工厂更名为：铁道部长春客车厂。鲜亮的牌匾树立起来！

总路线引导我们高速前进：

冯贤义说：一座包括工具、机修、动力三个车间的辅助车间组，已经在兴建中的长春客车厂工地上落成，并比原计划提前三个月投入生产。这项工程去年开始施工不久，就进入了严寒的冬季，给施工带来了很大的困难。在“提前建成客车厂”的口号鼓舞下，展开了劳动竞赛；夜以继日地搏斗在零下三十多度的冰天雪地里，完成了高空吊装屋架和厂房封闭的任务，首先从基本建设方面为早日开工生产创造了有利条件。（基建工地口号震天，军歌嘹亮……）工作责任心激励形成高标准、严要求的自觉行动：经常会出现不同的领导干部反复、重复讲出这样的话：……工作生活着是美好幸福的，艰苦创业辛勤劳动是快乐的！大家是在用领导干部的实际行动，为全厂职工带个头儿；表明我们一不怕苦，二不怕死，表明我们发展工厂的意志和决心……

孙德山：工厂土建施工面积累计达15万平方米，已竣工并提前投入生产使用的辅助车间组（工具车间、机修车间、动力车间）和中央锅炉房。厂房封闭并开始安装设备的第二车间组的配焊车间、机械车间、电镀车间和冲压车间，主体厂房已建起的第一车间组的车体车间和总装车间。除继续完成前期工程外，化学品库、职工食堂、职工医院等单位工程也相继开工。这一年，厂区基建工程突飞猛进，完成了厂房建筑面积9.5万平方米，达到了年产1000辆客车的建筑面积。

郭坤：按照原来的计划，这个车间组要在今年的8月份才能开工生产。1月间，工具车间的同志们大胆地提出要在五一劳动节开工生产的倡议，得到了甲已双方党委的积极支持。土建和生产准备保证质量的同时进度加快，设备基础迅速浇灌和硬化，都有力地保证了设备安装工程的提前施工……生产前的各项准备工作，像产品设计、材料供应、人员进行技术培训、工位器具准备如期进行“大跃进”。工艺装备技术人员将自己设计完成的二级工具向苏联专家米洛维多夫同志请教，并在青岛四方工厂做了试用，随后又以加倍的速度补充设计了若干项目。工程技术人员保证了件件图纸有工艺，条条规划有措施。机修、动力车间的工人为促进提前开工生产，热情地和施工单位工人一起干活，帮助搬运设备，搞配变电安装等。

张俊祥：在五一劳动节前夕，开工生产前的各项准备就已经基本就绪，电源和水源都已送到了车间，新安装的各式国产新机床设备也都擦得干干净净。第一批集结起来的生产工人，学习了安全技术操作规程和生产工艺流程。大家情绪高昂，干劲十足。几个月的辛勤劳动，终于取得了丰收，举行了开工典礼，生产出第一批零件。这几个车间投入生产后，首先承制了工厂生产必需的各种专用工具和非标准设备；同时通过今年的技术练兵，取得了生产经验，为迎接明年工厂全面开工生产，提前生产出国产新造客车创造了条件。据初步计算，辅助车间组的提前开工生产，使今年车间的总产值比原计划跃进了一至两倍，并可以为即将到来大规模现场安装施工，提供了有效的技术支援。

边建厂边扩建着手生产准备，工程进度节节加快（口号震天、军歌嘹亮）。担任第二基建大队长王银歧兴致勃勃地说：带领1200名青年工人日夜兼程地开展挖土方会战，完成了工厂加工系统的所有基础土方工程。他说：有许多青年忘我劳动，挑起土蓝两个一挑就跑数量竞赛；而有些青年身体生病也不说，在困难时候响应党的号召顾全大局，连续工作重体力劳动也毫无怨言。有一位车体车间叫薛祥的天车工是大学生、共产党员，抗美援朝志愿军转业干部，在一次塌方事故中为了抢救同事献出了自己年轻的生命。当时的青年一代那种顾全大局、忘我献身精神是值得我们怀念和学习的。

6.实行边基建、边试制、边生产三者交叉进行的方针。

贾清波（副厂长）：1959年2月，铁道部对工厂建设发出指令：尽量利用原铸锻系统的设计文件，建设铸钢车间、铸铁车间、锻工车间、模型车间、氧气站，除供应客车生产所需的铸、锻件以外，还要供应长春机车厂制造300辆151型机车所需的铸锻件及长春市一部分铸锻件；铁道部工业总局批准了铸锻系统设计计划任务书，并委托铁道部铁路专业设计院承担设计任务。

马文桂说：那时候是大跃进“超英赶美”，铸钢车间要快速上马。在一片荒地上开始挖土方，领导带头干了起来，那时候干得快呀，冶炼跨就开始立钢筋水泥柱子了，土建工程即保证质量又加快建设。

1959年第一季度，3月份就开始炼钢了，上了两台化铁炉，两台天车，两台炼铁炉。化铁炉班长崔贺光，是个共青团员，是抗美援朝志愿军转业战士，和转炉长苑正范一起，炼钢前召开了誓师大会两人在会上发言，表示“志愿军就是一张响亮的名片”，决心要在一周内出钢。崔贺光在炉前守了五天五夜，第五天头上铁水出来了，崔贺光就晕倒在地上。铁水出来了就往转炉里倒，炼钢，钢出来了，全车间敲锣打鼓报捷，“超英赶美”了！刘涛书记特批崔贺光火线入党。

1960年初，转炉淘汰了，电炉上来了。青岛派来专业技术工人，充实了铸钢技术工人骨干力量，开始正式生产了，要出铸钢件了；已经能炼出钢了，下面要造型段，清产段，关键要看能不能造出型，打出芯子，出件了……开始正式浇出铸件了，小的闸瓦件出来了。出铸钢件的时候，就赶上困难时期了，记得有个段长叫蔡旭华，家里孩子多，吃不上饭，夏天中午带一棵大葱就来上班了，艰苦得很！

孟庆学："炼钢为了躲用电高峰，铸钢车间基本都是夜班生产。电炉是电老虎呀，白天不敢上，只好白天造型，晚上炼钢浇铸。白天限电，我们就做型芯，晚上大家不用电了，我们才开始炼钢。从建厂开始，铸钢一直都夜班生产。职工睡到半夜再起来干活儿，干到凌晨两三点钟很辛苦……"

王光逾：1958年工厂只建成了修机、工具两个车间，还有锅炉房。当时的机械车间只有一跨半，我带领青年徒工挖地基、整水泥，休息时就在后来的保健站那个小屋里，一人一个板凳，讲制图，讲公差；那时候冬天特别冷，三九天零下三十多度，地冻得很厚，先用大锤打钢嵌，把冻土一块一块打下来，冻土层打掉后再往下挖，休息时用炉灰、草帘子盖上保温，晚上怕冻了用火烤，人就在旁边找个草垫子，弄点干草，往那一窝，连睡觉，连看着，没日没夜地干……那时侯工厂在建设中就停止了投资，设备只进来一部分通用机床设备，专用设备全厂只有一台加工车轮的立式车床和安装轮对的油压机。边基建边生产，图纸准备好了，设备、工装都得自已做。用木框子中间灌上水泥，浇注成柱子，找块火车钢轨架在上边做横梁，制成最原始的"龙门铣"，弄个车在下边一点一点地移动就是工作台，这样一年造了十二三台车。土龙门铣、倒框铣、多头钻，还有天车都是自己一点一点造的。甚至包括钻头都是自己做，找块高速钢，铣加工成型后淬火，就这样艰苦奋斗建成了当时的机械车间。那时候客车生产没有计划，转产干货车，图纸一下，工艺、工装都得自己想办法，钻箱铣、倒框铣、小吊车、五头钻，这些专用设备都是一边试制一边干，生产制造都得自己想办法。建设铸铁车间、铸钢车间、车体车间的时候，挖土方，平整场地，安装采暖设备，炼钢设备、风筒、铁水包都要自己想办法自己做。人们就是靠着坚定的信念和自力更生艰苦奋斗的精神建设发展工厂。

刘金生：在建厂中，我们除了千方百计地克服了材料不足等突出困难外，我们还突破了基建、试生产、正式生产的“建厂三步骤”的常规束缚，而实行了边基建、边试制、边生产三者交叉进行的方针。我们用提前试生产的做法推动基建，让基建为生产服务。事实证明，针对我厂的具体情况，这样做是完全正确的，不仅锻炼了队伍，取得了组织生产的经验，同时也推动和加快了基建进度。实践证明，只要肯动脑子，办法总比困难多……职工群众反映的迫切要求和愿望，是放手发动群众高速度建设工厂的根本路线，具有里程碑意义深远，我们准备提高思想认识水平，把工作做得更好一些。

贾清波说：“由于工厂着眼于未来，论证了一次建成年产1600辆客车在经济上的合理性和国内铁路运输发展的必要性，并得到了上级主管部门的赞同和批准，这为以后工厂得以有大发展迈出的至关重要的一步。”

第七章　坚持高起点高标准采用工艺装备（1957年至1959年）

1.李克俭（工艺科长）：1957年6月，当时长客工厂工艺科的大部分人员在铁道部青岛四方工厂做生产准备工作，苏联专家米洛维多夫同志工作地点也设在四方工厂。苏联专家米洛维多夫同志来到青岛四方工厂，主要是审查一些已经设计完成的工艺装备，并指导设计一些新工艺装备，共计65项，解决了一些工艺问题，同时也审查了部分工艺设计。（专家米洛维多夫指导设计新工艺装备）

刘治荣：1957年10月，米洛维多夫同志参加铁道部工业总局专家综合工作组，期间1958年3月从大连工厂到了青岛四方工厂，审查并指导四方工厂设计了40项多项工艺装备和长客工厂18项工艺装备，为这两厂解决了一些重大工艺问题，包括客车钢结构总装流水线全套工艺及有关的大型组装焊接胎模的结构方案。

藤茂根：专家综合工作组工作结束后，米洛维多夫同志正式转聘到长客厂工作。这期间审查和指导了我厂设计126项工艺装备，解决了一些工艺问题外，还为四方工厂审查了6项工艺装备。专家在四方、长客两厂，主要是指导工艺装备的设计工作和一部分大型非标准设备的设计审查工作。我们除了配备翻译外，并配备了一名技术人员跟随专家学习，负责整理专家所作技术指导记录，作为我们的学习资料，并介绍给兄弟工厂参考。通过专家审查我们的设计图纸和帮助设计人员考虑设计方案，从中得到启发和汲取专家的工作经验和理论知识，这是我们向专家学习的主要方法。

2.周彩彰：根据专家的建议和生产需要，为了改变四方工厂在客车车体组装焊接生产线上的落后状态，在专家指导下，设计了一系列的包括车顶组装、车顶翻转机、一二位侧墙、金属地板组装、中梁组装等20余套大型焊接夹具，其中有4套已于今年2月制成用于生产，效果良好，对提高生产效率和保证产品质量作用很大。在专家的具体帮助和耐心指导下，我们不仅改进了许多已经设计完成的工艺装备，还新设计了一系列成套的客车生产所必需的工艺装备，在非标准装备设计方面，专家也给予我们很多的指导，特别是在多头点焊机和之间的运输设备的设计上，专家都做了详细的研究和指导。这些都为加速我厂工艺准备和提前试制客车打下了良好的基础。

3.刘仁民：专家对培养我国年轻的工艺设计力量极为关注。他曾建议："为了使每个设计师都能迅速地提高技术水平，在审查图纸时，发现有普遍性的错误，即应召集有关人员进行讨论，共同分析原因及影响，以防再犯；设计组应建立工艺装备制造、使用情况登记簿，详细记录，定期讨论总结，从中吸取经验教训"。

方云罗：在审查图纸过程中，专家给我们的建议是多方面的，如设备结构、工艺性能、经济性、使用操作方法，安全生产、制图标准以及选择设备和材料等等。在前阶段，专家从审查图纸中发现我们的设计有生搬硬套汽车厂设计的高标准现象，立即指出了这样做的危害性。他说：“汽车厂的东西当然好，但在车辆厂就不一定适用，如果我们不针对车辆厂的生产性质和具体情况进行设计，那将是脱离实际的闭门造车，所设计的东西必会给工厂带来成本增加……”

马树坤：专家在指导设计车顶组装、翻转机和侧墙组装夹具工作中，为了适应小批量、品种变换频繁的生产条件，并考虑工厂长远发展的需要，对方案的制定十分慎重。他叫我们“不要照搬苏联加里宁工厂的样本，虽然那样做十分省事……”而是不厌其烦地三番五次和设计人员大家一起研究，最后才确定一个通用性比较强的方案，既照顾了工艺上先进性，又适应生产实际条件需要。

4.刘景芳：有时候，专家怕我们的设计人员弄不明白，就亲自绘出草图给我们。在审查车顶和侧梁运输设备的过程中，自动行程开关的设计是设计师最感棘手的问题，考虑很久仍然没有把握；后来专家提出一个比较简单而又可靠的方案，并表示这只是其中一个方案：“希望大家能根据中国国情具体情况，进行批判、分析的应用”。通过专家指导，不仅我们的设计人员在技术水平上、组织领导上、与工艺师联系工作方法上都有很大提高，而且专家那种认真严肃、谦虚朴实和对设计工作进行严密的科学分析的精神亦使我们的设计人员深感教益，真是良师益友一般……

王金亭：回顾专家未到工厂时，我们当时虽然已组织38名技术人员分别进行电焊夹具、冲压模具、金工夹具等三方面的设计，其中除了有工程师两名外，其余大多都是刚从大专和技工学校出来的学生，并且只有两人搞过短期的工艺装备设计，大型复杂的工艺设计不知如何下手，许多同志对能否完成这项任务缺乏信心，个别人甚至不想继续再干这项工作……

王天福：由于经过了在青岛四方工厂进行现场实习的锻炼，专家一年来的亲切教导和热诚帮助，以及设计人员的主观努力，我们这支年轻的工艺设计队伍迅速成长起来，设计人员基本上掌握了一般设计规律，初步学会了设计方法和对工艺装备的分析批判，绝大多数同志已经能做一些独立的设计，这都是与专家的指导和帮助分不开的。

5.汪枯泰：专家的特点和工作作风。苏联专家米洛维多夫同志的工作态度既谦虚而又谨慎，除了指导对我厂的工艺设计外，对其他问题很少发表意见。我们征求他对车间布局、生产组织等问题的看法他十分慎重，表示“我不是这方面的专家！”他在审查图纸以及和我们的设计人员研究方案时，都很强调中国的具体情况和生产实际情况。在工艺装备的结构上，专家特别注意节约每一公斤金属和取消不必要的加工面与光洁度等级，同时不断地教导我们的设计人员要勤学苦专，密切联系实际，多和工人群众商讨一些技术上的问题。作为一个设计师不但要有理论知识，而且还应具备丰富的生产知识，无保留地把自己多方面的丰富经验教给大家，循循善诱，反复启发；还多次就一些重大项目亲自做出方案蓝图，通过大家讨论来启发树立正确的设计思想，掌握正确的设计方法，进行全面的技术经济分析，使我们的设计人员深受教益。

王焕章：我们在接待和安排专家工作方面，定期由厂长和总工程师事先经过仔细研究，有分寸地向专家介绍中央和铁道部工业总局在各个时期提出的方针政策，以及全国和长客工厂各方面的具体情况，定期陪同专家到生产现场参观；翻译人员也把每天报纸上的主要新闻以及国家的建设成就向专家介绍，这样便于专家在工作中更多地考虑我国具体情况。在向专家学习的过程中，大部分同志抱着虚心求教的认真态度，听取专家的意见，或者和专家一再研究而修改图纸。但也有个别同志和专家意见不一致时，思想上有抵触情绪，当面表示同意，背后不愿意修改自己的图纸，认为专家的意见是对的，自己的意见也对，改图太麻烦了，不改也可以；也有人认为苏联在火箭与飞机工业方面是世界先进，而机车车辆工业是落后于资本主义国家，这显然是错误的。我们批判了这种观点，因为就长客工厂的情况来说，我们应必须长期地、虚心学习苏联经验。

李克俭：由于专家的帮助和指导，不仅加快了我们两厂客车工艺装备设计向先进水平迈进的速度，更重要的是培养和提高了设计人员技术水平和工作能力，这对我们今后的生产将带来很大的好处，并为长客工厂工艺装备设计工作奠定了雄厚的基础。

6.工厂主要领导阎华给苏联专家的信：（画外音）

敬爱的米洛维多夫同志：

我们怀着临别依依的心情，来为您送别。

忆及您当初来厂时，厂区尚处在施工的准备阶段，但现在各主要厂房已基本建成，而且第一辆货车已提前于今年3月出厂了，这些成绩的取得是与您的帮助分不开的。由于您的指导，大大加速了我们的客车生产工艺准备，您为我厂审查和指导了185项工艺装备设计、9项非标准设备设计、3项简易机床设计，解决了我厂工艺装备设计中的许多重大工艺问题，特别是各种大型的技术复杂程度高的设计项目，大多是在您亲自提出方案，反复和设计人员进行研究之后完成的，这给我厂提前于今年试制客车打下了良好基础。

由于您的指导，特别是您在工艺装备设计方面的精湛技术和丰富经验，您那种认真严肃、谦逊朴实的工作作风和进行严密科学分析的工作方法，使我们年轻的设计人员普遍受到深刻的教益，工作能力和技术水平大有提高。

您不只是帮助了我们的建厂，也培养了我们的车辆工艺人员，您是我们建设中的专家，又是我们学习设计中的良师。我厂自筹建到工艺准备的一系列工作中，都得到苏联加里宁车辆厂的无私援助，不仅供给了我们全套的宝贵的技术资料，并且派来了最优秀的专家亲临指导，这不仅是两个工厂的友好关系，同时是我们中苏两国牢不可破的团结和友谊的具体表现。愿今后加里宁——长春两厂更密切地联系起来，愿您仍然经常地指导和帮助我们的工艺技术工作，把加里宁厂的先进经验不断介绍给我们。在这里，请您转达我们对加里宁厂的无私援助的深切感谢和对全体同志的热诚问候。我们将很好地记着您给我们的宝贵经验和知识，并把它运用到今后的工作中去。

最后让我们衷心感谢您的辛勤劳动和无产阶级国际主义的支援。

再见吧！亲爱的朋友和同志。

祝您身体健康，旅途愉快！

铁道部长春客车厂

厂长阎华1959年5月3日

7.阎华：坚持正确的建厂方针，注重环境保护创建花园式工厂。

建国初期开始的艰苦创业、自力更生建设发展工厂，我们第一代长客人在日伪时期日军遗留下来的飞机场旧址（残杀中国人的屠场）、臭水塘、沼泽地上建设工厂，于1957年开始土建施工；一边土建，一边开始安装设备和着手生产准备。1959年春、秋，先后试制造出第一辆货车和客车，不到三年时间，建起了面积达11万平方米的厂房，完成了试生产，在较短的时间内形成了生产能力，这为我们度过困难时期和工厂后来的发展创造了极为有利的条件。厂区道路、绿化、职工住宅建设形成了一道亮丽的风景线……

李克俭：1959年提前一年试制出第一辆新造客车。职工进一步鼓足干劲，决心在不影响提前完成建厂任务、不影响提前出车的条件下，修改设计，扩大建厂面积两万多平方米。按年产1600辆铁路客车的标准一次把工厂建成，以满足第二个五年计划建设期间国家对铁路客车的迫切需求。工厂基建除继续施工的热加工系统外，原外委制造的非标准设备，工厂收回自己造，还制造了土机床、工序机床、土洋结合结构复杂的机床，以代替订购买不到的标准设备。

冯贤义：1959年基建施工的主要有热加工系统的锻工车间、铸钢车间和冷加工系统的第一车间组大量收尾工程。为加快收尾工程，工厂又组建了第三基建大队，按民兵编制分为八个连队投入施工，配合乙方挖地基、浇灌混凝土、制造安装设备等。9月底，基建大队完成了厂内和厂外排水管道沟连接、通信电缆沟等项工程，完成了挖、运、回填土任务。（施工现场军事化，口号震天、军歌嘹亮！）

长期在设备科工作的刘天青工程师说：试生产同时，非标准设备制造、安装和技术改造工程加快推进：型材拉弯机、多头点焊机、移车设备、牵车设备、牵车台、电动千斤顶、车顶翻转机、车体中梁翻转机、15吨冲天炉加料装置、铸钢热处理炉、车体油漆干燥室、车顶翻转机等，工厂50%的非标准设备是在这一年里制造出来的。

贾请波：（副厂长）要总结建厂的经验有一条，就是要高起点、高标准建设一个专业化的大型工厂，设计和制造专用设备是非常必要的。在建厂过程中根据生产需要自行设计制造了一大批专用设备。例如：多头点焊机、型材拉弯机、构架加工流水线等，都在生产中发挥了很大的关键作用。为促进生产的发展，还要继续设计和制造更新、更好的专用设备。

张俊祥：工厂后来修了变电站，才得以改变炼钢为了躲用电高峰，铸钢车间基本都是夜班生产的状况。到1961年的时候就开始正式交出铸件了，各种闸瓦件出来了；可是年底开始工厂要“下马”进入困难时期了；为了稳定队伍，党支部号召勒紧裤腰带过苦日子，要自寻出路找活干。1962年，由于三年自然灾害的影响，国家停止了对工厂的投资。为了使工厂建设不至于功亏一篑，工厂党委带领职工自力更生，继续进行铸钢、铸铁、锻工、模型等车间的基建收尾工程；还做出了由制造客车转为修理客车的决定，以维持生计。在这期间，补充了修车生产急需的卷簧机、打砂机、煮洗槽、架车机、阀实验台、弹簧试验机、扁簧成型机、装箍机，加热炉等关键设备。决心一定要稳妥实现原定生产纲领，充实配套建设的各项工作势在必行。

孙洪民：非常深刻的记忆：一是经历了共和国最困难时期，曾经吃不饱，生活很困难，相当长时间靠定量供应维持生活；二是生产工作非常艰苦，五六十年代生产力落后，许多工作都要靠体力，大家说厂房的地基是这一代人一锹一锹挖出来的，砌厂房的红砖是这一代人靠肩膀头，把红砖一摞一摞地举到一米高的跳板上，一块一块地垒起来的；三是新人多，来的职工多一半是外行，外行多于内行；青年职工，尤其是知识分子，要用相当的精力想要学习成才。我们这一代人是顽强地挺过来了，面对生活困难我们无怨无悔；面对体力劳动强度大我们挥汗如雨；面对外行多于内行我们努力学习主动成为内行；面对政治动荡大家都谨慎行事小心说话。我们也曾经年轻，曾经在团旗下，后来在党旗下宣过誓，宣誓为共产主义奋斗终生，为企业发展、为中华民族工业复兴，为新中国多做点儿工作，要把青春年华、聪明才智一生中最美好时光奉献给企业，这是我们这一代人的真实写照。

第八章　工厂经受住“下马”考验（1961年至1963年）

原始镜头画外音：20世纪60年代初期，刚刚走出大跃进折腾的共和国，又遭遇了三年自然灾害，国家经济建设被迫收缩，“一五”期间建设的一批铁路机车车辆制造企业，在1961年被列入关停并转计划，差不多同时在1954年开始建厂的铁路机车车辆制造企业428（大同机车厂）、429（长春客车厂）和430（株洲车辆厂）同时进入了下马解散的程序。那是国家命令大于一切的年代，可代号为429的长春客车厂却没有执行下马解散的命令。沉着冷静地面对与激烈争论的情景：

1.李笃厚（干部部长）：“这时工厂已有6000多名职工，很多人是从大连、青岛、齐齐哈尔等各地相关企业抽调或是整建制调转过来的，以及参加抗美援朝中国人民志愿军凯旋的伤、病、残人员及留守部队的干部战士。领导干部多是从湖南、湖北等南方省市选调来的县级以上优秀干部……面对这种特殊情况，阎华等工厂领导陷入两难，国家经济困难确实无力继续投入，并且对工厂“下马”后干部的使用、去向甚至住房等都做出了妥善的安排。当时已经确定任命工厂党委书记阎华同志为中共长春市委书记处书记”。

2.阎华说：“工厂已经建设到了这种程度，如果就这么放弃了，一走了之，能对得起这些职工吗？”最后，工厂领导班子做出了自力更生，自建工厂的决定，提出了“边基建、边试制、边生产”的“三边”方针。国家停止建设投入，就带领职工自己搞基建，挖土方、平场地、盖厂房，全靠自己动手（场景感天动地，口号震天军歌嘹亮）。

3.李笃厚：工厂领导没有犹豫，曾经在延安时期，用七年多时间亲身感受过毛泽东主席、朱德总司令领导作风的阎华厂长，深信坚持走群众路线，就能够度过暂时的困难！在领导班子高度统一思想后，一个为新中国保住长春铁路客车厂大行动开始了。厂部制定了“边基建、边试制、边生产”的“三边”政策，号召全厂广大职工站在与国家共渡难关的高度，自己解决困难，自己建设工厂，自己发展生产。工厂领导承诺与国家同甘共苦，不要国家一分钱，继续建设已经完成60%的投资计划、新中国唯一的新造铁路客车厂，为的是保住共和国的铁路客车制造基地，保住当时6000多长客人的饭碗。

4.杜本强：1961年我们工厂要下马的时候，没有铁路客车制造任务，就转产铁路货车修理，两年左右修理了1000多辆货车。我们这个新建铁路客车制造厂接了修理货车这个活儿，不是咱们情愿干的，是没办法，自己找饭碗找来的，是大形势把修车的活推给我们的。修车的第一道工序是解体，刚开始的时候，我们脱漆没有抛丸工艺，工人们就用钢鞭子抽，手都磨出血了，冬天那是“冰山上的来客”，钢鞭抽在冻了的车体上，冰屑横飞……夏天解体，那就是蒸笼，条件非常艰苦……

我们是没有条件硬上马，选择了以修车为主的“曲线救国”方针，曾经有几年我们是以修车为主。就是凭借这股劲儿，使我们工厂后来形成了长客发展的三大格局，新造客车，修理客车和新造地下铁道电动客车；现在想来那都是没有条件硬上马的项目，就是这种“硬上”的精神，保住了几乎被“下马”的长客，打下了长客生存、发展的基础。在艰苦卓绝的1962年，基本完成了新中国唯一的铁路客车新造厂的基本建设任务……

5.张巨才：在工厂“三边”政策指引下，如火如荼的保住长春客车厂的战斗打响了。有些单位“没有活源没有经济来源”，就走向社会自己揽活干。当时机修、工具两个辅助车间承揽了一些手推车、锁头加工；还没有建成的机械车间，就从拖拉机厂揽来了链式拖拉机轮子加工。当时国家正在建设“大三线”工厂又承揽了几百辆西南“三线”的翻斗矿车加工，还有一些钢模板、铁路桥梁支座加工。铸铁车间发挥铸造技术优势，铸造了令佛教协会高度满意的铸铁大佛……那时的职工非常朴实，干工作从来都是一心一意，讲求“学习雷锋，干了好事不留名”。有些活常常是不知道是谁干的……经过几年的艰苦奋斗，国家贯彻“调整、巩固、充实、提高”的经济方针，宏观经济得以恢复，工厂也挺过了“下马”的考验。

刘金生：我们工厂要被“下马”的时候，那是激情燃烧的岁月，那是八仙过海各显神通的时刻。工厂各级领导深入基层，家访谈心，干群关系非常好；职工积极要求上进，要求入党入团的十分踊跃。当时工厂还没有建成，很多车间还只是个房框子，没安装门窗，车间内土地都没有平整，冬天天气很冷，大家就用木板挡一下就在里边干活，实在冷了就拢一堆火，烤一烤。靠着艰苦奋斗熬过了最困难的时期，同时也得到了国家和吉林省、长春市有关领导的理解和大力支持，企业建成需要规划道路建设、以及职工住宅用地都给予了大力支持……那时生产手段和知识水平确实很低，困难时期转产修理货车，在一个车间里分解、组装、喷漆，每个月交车时，流水线人山人海。春节除夕不放假，大家一起忙工作，等着验收。快半夜了，交车验收完回家，大家没有一点儿怨言。在单位传统教育始终不断，人们上进心很强，老职工领着干，青年人跟着，有任务就想方设法完成，加班加点连轴转很正常。工厂涌现出红色管家人、八面红旗、始终让人们记着他们……还记得当时厂里的先进典型，戴勤是“六个一样”的典型、邹淑琴是“红色管家人”出席共青团九大代表，接受过毛泽东主席的接见呢！还有周学才代表他那个技术革新班组参加铁道部团代会的时候，接受过刘少奇、邓小平等中央领导人接见。还有参加过全国群英会的全国劳模张仲举、“三老工人”杜永山、王蓬善，说起来都像昨天的事，记忆深刻！

6.马树坤：提起共产党员张仲举，大家都知道，他是全国劳动模范，曾经出席全国群英会，厂里有名的红色管家人！这里有一份简历：“张仲举同志模范事迹：张仲举同志，现年32岁，1958年由齐齐哈尔车辆工厂调到长春客车厂工具车间，工作一贯勤勤恳恳埋头苦干，积极要求进步团结同志依靠组织，于1952年光荣地加入中国共产党”。——人们是这样评价张仲举：“大刀阔斧，粗中有细”“把困难踩在脚底下”“心里老想着革新”“一私不苟四个字刻在心坎上”，“他和大庆王铁人一个心眼儿！”……

张仲举在工作中发挥敢想、敢干、敢说、敢做的共产主义风格。1959年3月在他倡议下和全组同志协助，创造土研磨机一台，解决了研磨合金刀没有研磨机的困难，土研磨机是用木头架和铸铁的研磨盘制成的，用磨床的小马达带动，代替了洋研磨机的使用。张仲举解决了研磨合金刀等多项技术革新，创造了用土办法解决生产关键工序难题，进行改进刀具及提合理化建议15项，给国家节约了大量财富。他入厂以来一贯坚持业余文化学习成绩优秀，能够模范遵守学习制度，有的学员不来参加学习，他主动找他们说：“咱班就你们几个人不来学习，文化学习对咱帮助很大，还是来学习吧。”在他的帮助影响下，过去有不学习的也来学习了，他被评为工厂优秀学员。

——已是深夜，张仲举还在苦苦思索着革新课题。他又一次翻开周恩来总理在人代会上的报告：“人类总得不断总结经验，有所发明，有所创造，有所前进”“我们不能走世界各国技术发展的老路，跟在别人后面一步一步爬行。我们必须打破常规……”这些闪光的语言使张仲举技术革新的决心更加坚定了。张仲举并不满足自己的革新成果，他帮助别人搞革新，比自己搞更积极，更有劲儿！

第九章 讲厂史，忆传统，焕发创业精神（1963年至1965年）

1963年，长春客车厂建厂九年以来，第一次获得了国家下达的指令性生产计划——新造铁路客车300辆；1965年，长春客车厂又拿到了新中国地下铁道电动客车的研制任务。

——拿到地下铁道电动客车生产权，是初具规模的长春客车厂的最大成功。虽然工厂领导曾多次向党和国家主动请缨，但是党和政府不会仅仅听我们说了什么，而是要看我们做了什么。如果没有工厂的领导正确决策，全厂上下同心协力、同仇敌忾、拼死一搏的1962年，还会有1963年的300辆新造铁路客车的任务吗？还会有地下铁道电动客车的研制落户长客，那个伟大创造了长客历史的开端吗？

蒋克选（高级电气工程专家）高兴地说："我装配了一台收音机，这是全厂职工群众的要求，请各位领导同志能听到北京的声音！"踏尽崎岖路，乐在斗争中。在迎接建厂九周年之即"讲厂史，忆传统"，在文雅清净的会客室里，应约的几位工厂领导和老同志热情洋溢，回顾工厂的建设和生产发展，畅谈近年来的工厂发展巨大变化，对工厂的发展前景寄予极大的期望和祝福。

1.工厂党委书记赵学义说：我厂是个正在进行基本建设的新厂，原设计年产客车1600辆，1957年动工，1960年建成，同年第三季度试生产，第四季度正式生产。大跃进以来，根据国民经济飞速发展的需要，我们把原定单一客车生产发展成为多品种生产。建厂过程中，我们遇到了不少困难，但在总路线的光辉照耀下，我们提前一年半试制成货车，客车的试制也提前了一年。

建厂中，我们除了千方百计地克服了材料不足的突出困难外，我们还突破了基建、试生产、正式生产的“建厂三步骤”的常规束缚，而实行了边基建、边试制、边生产三者交叉进行的方针。我们用提前试生产的做法推动基建，让基建为生产服务。事实证明，针对我厂的具体情况，这样做是完全正确的,不仅锻炼了队伍，取得了组织生产的经验，同时也推动和加快了基建进度。

但在贯彻执行这个方针时也并不是一帆风顺的。一小部分人认为：建厂的“三阶段”是行之多年的建设经验，如果交叉进行，就会影响基建，损坏设备，造成混乱，会给正式生产带来许多困难。也有人认为：“交叉进行可以，但目前厂房、技术等条件还不具备”，有的甚至说：“缺少设备不能用手拼，工具不够不能用牙啃。”这说明有些人虽然口头上承认，但在实际行动上不愿意积极贯彻，见物不见人，习惯于按常规办事，主张四平八稳。党委在分析了当时的形势后认为：我们绝大多数干部的思想是健康的，工人的干劲是很大的，这是主流。虽然我们面临着一些困难，但由于在大炼钢铁结束后，我厂广泛地进行了社会主义、共产主义教育，广大职工在提高思想觉悟基础上，迫切期待我厂早日生产车辆的心情，也正和全国劳动人民要求尽快改变祖国“一穷二白”的面貌是一致的，因而边基建、边试制、边生产也正是我厂贯彻落实党的总路线的重大措施。只要认真地运用大搞群众路线的经验，前进道路上的困难必然可以解决。我们批驳了那些实质上是坚持少、慢、差、费的右倾思想的人的叫嚷，我们提出：“必须鼓足干劲儿在第一季度坚决试制成货车”的号召，接着一个以货车试制为中心的群众运动轰轰烈烈地开展起来了。结果不到20天就做完了按常规需要3个月到半年的工艺准备工作。职工群众献计献策干劲十足，没有洋设备就做土的；制造工艺装备没有钢材就用木头、砖头、水泥等代替；没有厂房就用仓库、临时工棚替代；技工不足就快速培训徒工。总之，处处贯彻了土洋结合、两条腿走路的方针和领导干部、技术人员与工人“三结合”的工作方法。例如配焊车间需要40台电焊机但只有12台，他们就用“三结合”的办法，自制电焊机。机械加工车间没有加工轴箱轴瓦的设备，领导干部就和工人、技术人员一起设计，制造土镗床、土立铣床。电镀车间没盖起厂房，就用工棚做厂房，没有电镀槽就用水缸、瓷盆代替。这样做的结果，不但没有妨碍基建，而且促进了基建。为了解决生产关键，如期出车，工人自制土设备48台，非标准设备73台，工艺装备362套，提出革新建议4000多项。试生产还带动了徒工培训工作，椐7月末统计，在全厂的徒工中，有三分之二已能独立操作，并成为生产中的重要力量，其中有不少人已成为革新能手和标兵。通过试生产，丰富了领导经验，改进了材料、协作件的供应工作，而且提高了工人的技术水平。这难道妨碍正式生产吗？可见说基建、试生产和生产交叉进行会带来困难的论调是错误的。职工群众反映的迫切要求和愿望，是放手发动群众，高速度建设社会主义经济强国的根本路线，总路线的提出是党领导社会主义建设的里程碑意义深远。我们准备继续深入地学习钻研，提高思想认识水平，把工作做得更好一些。

2.李笃厚（工厂干部部长、教育办公室主任）：建厂初期，我们的干部和工人来自祖国四面八方，大家都有一种团结奋斗的精神，不怕困难的精神，刻苦学习的精神，勇于开展批评和自我批评的精神。当时工厂主要领导干部都很年轻，也很有朝气。在厂区平土的工程中阎华、贾清波等主要领导同志带头参加劳动，还开展了挑土比赛呢。为了适应企业建设的需要，几乎每一个领导干部都努力学习专业知识。1958年、1959年，工厂就开办了职工业余学校（同时建立了“职工子弟小学校”培养接班人，并给予因工牺牲职工和家庭困难的子女免交学费待遇）很受职工欢迎。许多干部职工起早贪黑纷纷参加高小、初中和大专班的学习。

从建厂初期开始，工厂领导干部就以身作则，带出了一种勇于开展批评和自我批评的作风。所以，同志之间没有整人的思想，批评别人的人与人为善，被批评的人心情舒畅。在后来三年困难时期，我们工厂被称为“清水衙门”“两袖清风”。在这个领导班子的领导下，广大职工在困难时期的表现是坚强的！

3.1958年大跃进之后，紧接着是三年自然灾害，这时的国民经济困难。1961年这时候国家决定正处于建设之中的长春客车厂、大同车辆厂、株洲车辆厂“下马”。这时工厂已有6000多名职工，很多人是从大连、青岛、齐齐哈尔等各地相关企业抽调或是整建制调转过来的，以及参加抗美援朝中国人民志愿军凯旋的伤、病、残人员及留守部队的干部战士。专业技术领导干部多是从湖南、湖北等南方省市选调来的县级以上优秀干部。

面对这种特殊情况，阎华等工厂领导陷入两难，国家经济困难确实无力继续投入，并且对工厂“下马”后干部的使用、去向甚至住房等都做出了妥善的安排。当时已经确定任命工厂党委书记阎华同志为中共长春市委书记处书记。（原始镜头）阎华说：“工厂已经建设到这种程度，如果就这么放弃了，一走了之，能对得起这些职工吗？”最后，工厂领导班子做出了自力更生，自建工厂的决定，提出了“边基建、边试制、边生产”的“三边”方针。国家停止建设投入就带领职工自己搞基建，挖土方、平场地、盖厂房，全靠自己动手，坚持依靠自力更生，艰苦奋斗建设发展工厂……

4.金广为（组织部长）：说起刚建厂的那个年代，说起老铸钢，有特别多的回忆。我记得一个老模范，他叫孟庆学，一直是在铸钢电炉上工作。他是个传奇人物，土改时是农村的孟村长，抗美援朝时是中国人民志愿军的孟班长，经济建设时是长客铸钢车间的孟炉长，我们那一代人都忘不了他。（口号震天、军歌嘹亮，撼天动地、情谊深长）。我们经历了三年自然灾害和国家暂时经济困难时期，大家都没吃的。20世纪60年代初期，为了找活干，我们给河北军工企业做过履带板，年底分了河北的大白菜，大家心里可舒坦了。那时候虽然穷，但人心很富有，我记得因为粮食接济不上，我有那么几次中午没带饭，一起工作的姜广生师傅每次都把他带的窝头掰一半儿给我，在炉子上烤一下一起吃。后来到机关工作，陪过客人，自己的生活也好了，吃过很多的好东西，可都记不住，再丰盛的宴席都没有什么印象，可唯独这件事，困难时期的一件事，我记了一辈子。一辈子都忘不了工友之间的这种情意。

5.王干（长客副厂长）：“最困难时期是开始建设沉淀池，工厂领导带头，自己设计施工，挖土方2700多立方，13个昼夜不离人，工厂领导带头陪着干，困了累了就在工地上眯一会，起来接着干……同时注重开展育人工程，加强改进职工队伍建设；敢于理顺思想，化解矛盾，像硬碰硬得罪人的事，出工伤的事等等从不推违，都亲自去做；而涨工资，发福利之累的好事都让别人去做。善于抓典型，正反两方面都要抓。抓了很多好人好事，也抓后进职工转化。好多打架斗殴，很挠头的后进典型，都被转化过来了，成为工厂各项工作的正面典型。经常组织专题教育，根据形势需要、中心工作需要和职工队伍中倾向性问题，有针对性地组织教育，找党支部一班人吹路子、定方案，然后大张旗鼓地开展教育。每次活动以后，认真总结工作经验，为思想政治工作和队伍建设趟出了一条路子。队伍素质越来越好，培养出了一大批德才兼备的干部。”

6.刘金生：在国民经济困难时期，工厂的“三边”方针鼓舞了人心和士气。那时挖土方多数都是徒工在干，徒工的工资在当时每月只有18元钱。这些力工活在市场上雇工起码也得30多元。当时挖铸钢车间暖气沟，三米多深，一边挖，一边抽水，脚脖子经常泡在泥水里，可是没有一个人叫苦喊累。两年后，1962年，很多人“精简”也没见有人闹情绪。那些年，粮食不够吃，车体车间有个工人叫国玉华，家里有6个孩子，正是长身体时期，吃得多，家里一个月总有几天没粮吃。在单位中午就是一饭盒炖白菜，上边一个薄薄的玉米面饼子。当时组装大钩、缓冲器，部件60多斤重，吊车用不上，全凭手搬，吃完饭两个小时就饿了，就是这样他还年年被评为先进生产者。那时没有粮食，人们发明了一种“增量法”，其实就是把米用水泡了，膨胀了，好像多了些，可是不顶饿，很多人都患上了浮肿或者肝炎。可是人的精神状态都非常好。党组织号召党员不上自由市场，不抢购，大家都很响应，干部关心职工疾苦……

7.王光逾：建厂初期形成的自力更生精神非常宝贵，没有自力更生就没有“三边政策”也就没有今天的“长客”。我深切感到精神层面的东西太重要了，物资层面的东西固然重要，可是没有精神层面的东西企业发展就失去了根本的动力，自力更生的确是我们的传家宝。那时物质层面的东西十分匮乏，困难时期吃不饱，加班干活根本没有报酬，人们也没有八小时工作的概念，别说奖金，加班能吃到糊土豆就是很好的了。经过这些年的艰苦奋斗，国家贯彻“调整、巩固、充实、提高”的经济发展方针，宏观经济得以恢复，工厂随着形势发展开始以新造客车为主，形成了修、造两条线并行发展的格局。

8.马文桂：我们经历过三年自然灾害和国家暂时经济困难时期，大跃进以后，有几年国家很困难，工厂也一样；工厂最初修理客车是主业，虽然是新造厂，但不能不修车，不修车就没饭吃呀。后来随着形势发展开始以造车为主，才形成了修、造两条线并行发展的格局。

在工厂发展过程中修车发挥了不可替代的重要作用。修车就是找出路找来的，不然大家都没吃的。记得那时候厂北还是一片荒地，厂里把荒地分到车间，再分到班组，直到个人，自己去开荒种地，解决吃的问题。自己开荒种粮食，收获的时候挺开心。我们工厂很多抗美援朝凯旋归来时进厂的干部和战士，伤愈后还集体到长春周边地区去种过粮食，年底能给大家分点吃的东西。

动力车间主任李殿仁说：“最难忘的是在全厂干部职工的配合下，对工厂的动力系统进行了许多有价值的基础建设工作。比如：把强力回水改为自流回水；把放射形供电改为循环供电；集中管道送氧，集中采暖等工程。大家回想起当时的工作劲头，许多同志脑子里老琢磨着工作的事，总想多干些有益的工作。

9.周学才：我代表周学才小组参加铁道团委代表会议的时候，和刘少奇、邓小平等国家领导人合过影。我后来到政治部工作以后，一直有一个很直接的感触，就是那个时代的领导干部都经常主动地到最艰苦的基层生产工序参加劳动，这件事儿我永远也忘不了。

我那个时候油漆过敏，在铸钢搞清铲我不怕，累一点儿而已。但在修车脱漆一直受不了，过敏、呕吐，一周一天劳动，第一次过敏刚好了第二次劳动又开始了，但再难受我们都会坚持下去。当时工厂领导我比较年轻，贾清波、王干、郑旭光等他们年龄大了，身体也不太好，但都坚持每周一天参加劳动同时进行现场调研，在最艰苦的清铲和脱漆干过，连身体最不好的王干都一次没落过；厂级领导干部每周一天参加生产劳动，坚持了很多年，大家是在用领导干部的实际行动，表明我们建设发展工厂的决心和意志！

第十章　第一次创业成长时期（地铁车研制1965年至1982年）

藤茂根（地铁研究所长）：我们工厂从1965年正式进入地下铁道电动客车的研制，是从原始创新开始的“中国制造”。北京地下铁道电动客车于1969年开始通车；20世纪70年代开始为朝鲜制造地铁电动客车，在朝鲜建国25周年时通车。金日成当时接见了我们工厂的设计科长刘治荣，表示感谢长客。

1.阎华等老一辈工厂领导远见卓识较早开发地铁电动客车市场，使铁路客车生产技术、档次、质量上了新水平。地下铁道电动客车是我国机车车辆生产中的一项技术含量较高的产品，技术复杂，其复杂程度及艰巨性远远超过铁路客车，但发展前景看好。20世纪60年代中期就开始研究生产制造地铁客车，当时是在一无图纸，二无样机，又缺乏生产动力车方面的技术人员和设备，并受到国外所有国家技术封锁的情况下进行的，生产制造出地铁客车除了供北京地铁交通使用外，还出口国外，工厂成为我国地铁电动客车的摇篮。不仅为国家争了光，也为工厂增加了经济效益并赢得了荣誉，更重要的是通过地铁电动客车的生产，为促进新技术、新产品的开发创造了条件。

2.（原始镜头回放）1969年10月1日，北京地铁正式开通。由于中国第一代地下铁道电动客车，当时是在一无图纸，二无样机，又缺乏生产动力车方面的技术人员和设备，并受到国外所有国家技术封锁的情况下进行的，既缺少严格的生产工艺，产品检验，又没有进行必要的科学实验，因此，在运行中不时出现故障和问题，甚至“趴窝”。为此，北京地铁公司从工厂调去了部分技术人员，从事车辆检修工作，以保证地铁的正常运营。这批地铁客车运营仅一个月，就有两辆车接连发生了失火事故。

11月3日早晨，北京地铁003–004车组由古城地铁车辆段出发去接上班通勤职工，车自古城站开出不久，车下突然出现一道弧光，并发出巨响，司机立即停车，车下已是一片大火。由于停电迅速，抢救及时，制止了事故的扩大。经查看失火车辆003车下主熔断器箱体烧掉大半个，主接线盒烧毁，车体中梁被烧断，金属地板沿主母线走线方向被割开；车上司机室端客室地板、座椅、侧门均烧去一部分。而004车却完好无损。事故发生后引起各方面高度重视，立即组织有关专家进行调查和分析，汲取教训并提出了改进措施。

藤茂根（工厂副厂长）：长客电气主管工程师蒋克选一丝不苟地理清问题。“有了问题并不可怕，关键是要能够尽快解决问题。”工厂领导立刻要求瞄准国际先进的利用电子技术，制成大功率的可控硅斩波调压装置的目标开始攻关；积极跟上了当代国际地铁电动客车调速的先进水平。今天的长客生长于那些最原始的技术探索研究之中，辉煌于一代又一代长客人超前的眼光与特殊的智慧之间，带着想干成大事的基因，更带着圆满成功大事业的魄力！

3.蒋克选在认真阅读《铁道情况简报》：最近，长春客车厂和铁道部科学研究院试验试制成功地下铁道斩波调压电动客车，采用了可控硅电子斩波调压装置和数字式电控自动机两项新技术，这是地铁电动客车调速的一项革命，使我国年轻的地铁车辆能在较短的时间内赶上世界先进水平。

在地下铁道斩波调压电动客车试验试制过程中，吉林省委、长春市委，给予了很大的关怀和支持。这项成果是厂院挂钩、工人、干部、技术人员三结合的产物，在发展过程中还可能出现这样或那样的问题，要在实践中不断加以解决。地下铁道斩波调压电动客车，从试验试制成功到批量生产，这当中还有大量的工作要做，特别是要把实际运行考验的这项工作抓好，为批量投产创造更有利、更好的条件……

阎华从工厂发展战略的高度出发，在研制生产出的地铁电动客车在北京运行十余年基础上，决定引进技术，中日合造北京地铁DK13系列斩波调压地铁电动客车，同时进行消化、吸收、再创新！

4.阎华说：如果说长客选择了地铁，不如说是地铁选择了长客，中国选择了长客。当年建地铁主要是为了战备，当初是彭真和李富春向毛主席报告，那是通天的大事情；那是新中国举国家之力开展的战略性基础建设。当时还在艰苦的初创时期与缺少投资、建设停滞、前程未卜等生存问题纠结不清的长春客车厂，最初并没有研发中国地铁车的雄图大略。当新中国为列入中央政治局议程的北京地铁寻找一个车辆制造厂的时候，长春客车厂最初并不在候选者之列，起码不是最有希望的竞争者。因为地铁客车本质上是一种动车，而当时长春客车厂别说没有动车制造的经历，就是铁路客车制造，也还是刚刚起步，只研制了一辆硬卧寝车，而且还没有大批量生产的经验。国家在这个时候选择地下铁道电动客车研制厂家，以长客当时的发展状况，实在是难入“法眼”。

长春客车厂却最终成为党中央、国务院选定的新中国的地铁电动客车研制工厂，并从1965年正式进入地铁研制，利用半个多世纪的时间，从无到有、从有到精、从精到优，让从原始创新开始的“中国制造”从长客走遍全国，走向世界。（画外音，原始镜头回放。）

5.铁道部1965年3月26日接到制造地铁电动客车的任务书，当年7月1日朱德总司令在玉泉路挖下北京地铁的第一锹；挥毫写下“铁轨有度量过往，乾坤无限定未来！”的伟大诗句。中国人民解放军铁道兵部队开始地洞施工作业，兴建新中国第一条地铁。当时我们造地铁车的困难主要是没有技术资料，制造能力工装差，完全靠自力更生，自主研发。接到任务后阎华厂长全面统领地铁研发的事情。

（历史镜头）北京地铁电动客车1969年10月1日正式开通，70年代初又开始为朝鲜造地铁，在朝鲜建国25周年时开通。金日成当时接见了我们工厂的设计科长刘治荣，表示感谢长客！

唐荣智说：长客发展最初阶段，地铁真正开始研制是1959年，我是1961年介入的，我这里有一个DK1的设计任务书，包括各种计算，车体呀，限界呀都有，我是接李中一前期做地铁设计，后来再做地铁设计研制的时候，我就过来了。阎华很有远见，关注技术，肯动脑筋，我们进入的时候，他就跟北京挂上钩了，那时候没有人认识到这一点。不是为了个人得失，有事业心，我们的地铁一步一步走到今天，是靠一点一点改进得来的，是靠不断技术进步完善发展起来的。

冯伯欣：1965年，北京市开始兴建新中国第一条地铁，当时，我们工厂很多参加地铁车辆研发工作的人员，甚至连地铁是什么样子都没有见过，也没有一张图纸可以借鉴。回忆起地铁电动客车研制的艰辛不禁感慨万千："没有图纸，我们就借鉴铁路客车的设计思路；没有工艺资料，就一边设计工艺装备一边总结经验；现在还在使用的厂内环行地铁试验线，就是当时我们用业余时间手提土蓝、肩扛枕木一点一点建起来的。"凭借着这种自强不息的精神，长客人终于使"长客制造"的"北京"牌的地铁电动客车在首都亮相。

唐荣智说：我们做地铁的时候，一直跟株洲电力机车研究所合作。车出来了，按地上客车的模子下来的，主要看人家的平面图有几个柱子，几根梁，门是怎么开的，细节和做法都是按地上客车的简单模仿。后来DK2着火，是因为电路断不开，结果烧了。如何解决？冯伯欣搞了一个高速电路断路器，他专门往西南山沟沟里跑，搞试验呀，搞高速断路器的试验，后来反复试验，搞成功了。

阎华抓住冯伯欣不放，让他做试验，搞研究，安排他一直在上海研究新技术。领导真心抓技术创新，用人放心是地铁进步的一个原因。藤茂根副厂长，放手让技术人员去大胆创新工作；王焕章总工程师把限界计算方法改进了，他把不可能同时发生的东西都给废除了，使限界计算方法更科学；领着搞铝合金到DK6真正开始用铝板做墙板了。

王焕章（总工程师）：干到DK20的时候，我们一直都是每台车都是动车，每个车都有司机室，浪费太大；经过多次激烈争论和改进建议，现在全车贯通了，几动几拖，这是一个大进步，可以看出我们产品的科学技术进步历程……

6.（阎华与铁道部长段君毅通电话、写信请示并建议得到批准）

君毅同志：北京地铁于1969年开始通车，至今已有12年时间，由于技术水平的关系，地铁电动客车存在着危及行车安全的问题还没有得到解决。主要有以下五个方面的问题：

一是车辆因保护装置不可靠，随时有发生火灾的危险。1969年11月11日发生的严重的车辆火灾，伤300人，死3人，并烧损两辆电动客车。当时曾召集各方面专家进行研究，但仍没有得到根本解决。十余年来又相继发生失火50余次，所幸未酿成重大事故。其主要原因是主保护装置不可靠，车辆和地铁电站也没有形成系统保护，并且车上易燃材料多，因此，地铁车随时有发生火灾的危险。

二是转向架严重裂纹。地铁转向架是支撑车体重量的部件，因技术和材质不过关，运行不长时间普遍发生裂纹，至今近百辆车的转向架因此报废，虽经专业人员多次研究改进，仍未得到解决。如果车辆走行中发生断裂，就会造成翻车掉道的事故，严重危及地铁的安全。

三是车门自动开闭系统不可靠。车辆的自动车门因技术不过关，在运行中经常发生故障。据统计，1980年一年就发生650余次，使运行中的列车被迫停驶。更为重要的是，直接影响旅客的人身安全。

四是电器部件故障率高。地铁车辆电器部件均是20世纪50年代的产品，结构不合理，寿命短，特别是电控接触器、变阻控制器等主要部件在使用中经常发生触头螺钉折断、接触不良、卡死等现象，据统计这两项就发生事故近1100次，直接影响正常运行。

五是车辆上的自动化设备和安全装置至今不能使用。为保证运行安全，车辆按规定应配置：有在运行中遇见红灯自动停车装置，有自动将洞内信号的显示复示到车上的机车信号设备，有一旦发生火灾车上能将电源切断的紧急停车按钮，有发生火灾等危险时能与高压所直接联系的无线电双工电台。这些装置是车辆缺一不可的安全保证措施，但由于技术不过关均未装车使用，不能保证车辆运行中的安全。

此外还存在着噪音大、空气压缩机故障多、国内通风照明不佳以及车辆维修工作量大等一系列技术问题。

针对上述问题，十余年来，我们进行了多方面的改进，但主要问题还没有从根本上解决。1978年起，我们曾与国外有关技术专家进行过座谈，了解到目前工业发达国家对地铁车辆的安全问题极为重视，从材质到各种安全保护设施，都做了明确的规定，并且普遍采用了具有节电、起制动平衡等优点的斩波调压技术。为了解决上述存在的问题，确保首都地铁的运行安全，于1978年曾提出引进地铁电动客车样车一组和关键部件技术，得到了有关部委的支持并经谷牧副总理三次指示同意。由于种种原因此事一直到现在尚未实现。在此再次提出引进地铁电动客车样车一组和关键部件技术，以及变电站电流增量检测装置，并邀请专家来华对设计制造进行指导。据了解，日本的地铁电动客车具有可靠、先进、经济的特点，建议从日本引进。

妥否，请指示。

铁道部长春客车厂　　阎华

1981年10月13日

阎华再次提出引进地铁电动客车样车一组和关键部件技术，邀请专家来华对设计制造进行指导，并建议从日本引进的报告，得到了铁道部和国务院谷牧副总理批准。

至此工厂依靠国家政策和自身力量，在研发制造生产的地下铁道电动客车已经在北京运行12年基础上，决定进一步提升质量和档次：引进国际先进企业地铁车辆的技术和设备，并采取有选择，有效进行消化、吸收、再创新，这是发展新中国地铁车辆事业成功的有效途径——投资扩张只能适度，不能过度……

藤茂根（地铁研究所长）：因为有了地铁电动客车的产品，长客的今天才会这样辉煌！有了这么大一片可发展的地界和空间；一个是绿化建了一个森林工厂；一个是抓住技术人员不放，给长客留下了一个可持续发展的具有科技基础的底子。

第十一章　第一次创业发展时期（中日合造北京地铁，1987年）

李克俭（厂长）：做地铁时国家没给钱，是工厂老领导阎华积极努力地进行艰苦创业做下来的，现在有几条线的发展基础是那个时候打下来的；给长客圈了这么大一片可发展地界和空间。现在已经开始实施中日合造北京地铁DK13系列斩波调压电动客车，这是工厂为加速发展铁路轨道电动客车迈出的重要一步，是具有里程碑意义的历史性抉择！

1.唐荣智：开始做DK13斩波调压中日合造北京地铁电动客车的时候，我们做了一个中日双方都能看明白的明细表，把如何看图，如何发现问题，如何准确发现图纸问题的事情条理化，成为可以应用的程序；后来用这个程序就能发现所有的设计问题了，并解决了DK13斩波调压中日合造北京地铁车辆研究的一个很关键的问题。冯伯欣支持我们做了很多新技术，有一些新型胶、司机室开关、灯什么的，是全寿命的；所以中日合造北京地铁客车时，日本东急车辆公司的技术课长野平先生，对DK13系列斩波调压中日合造地下铁道电动客车，用上这些新技术是很满意的……。

2.（每日下午中日双方专家、主管领导例会：地装车间会议室）平时热情礼貌宽厚的日本东急地铁车辆公司技术课长野平先生，今天却很不高兴，小胡子一翘一翘生气地说：有一件事你们做了，事先为什么不与我们商量？我们是合作的朋友，是在合作制造地铁电动客车，如果工作中发生了什么事情，都应该事先通知我们共同商量……不这样做是对我们的不信任！

这时工厂生产副处长海邦君回答说：由于我方检查工作不细的原因，导致地铁座椅支架模具偏移、超过了公差尺寸；为了保证产品的质量，所以这批生产座椅支架视为不合格品，按照惯例我们将不合格品全部作为废品处理掉是很正常的事！请野平先生不要生气。

野平说：原材料资源是很贵重的，不可以轻率地废掉！这个工件是C类，可以与车辆地板自由公差组合，因为紧固件可以保证质量这是可以用的。如果事先通知了我们就不会发生浪费原材料的事情……由于地铁座椅支架出了问题你们事先不通知我们，也不和我们商量，说报废就扔掉了，这是对资源的浪费，也是对我们的不信任！……海邦君说：好！我接受并感谢野平先生的批评！那我给您一个柑橘，请您再给我一块巧克力糖吃吧？（全场人都笑了）

3.工厂庆祝第一万辆铁路客车下线剪彩仪式准备工作，正在紧锣密鼓地进行着……按照会期日程安排，铁道部、吉林省领导和日本东急地铁公司及国内外贵宾即日来厂庆祝，同时参观并乘坐DK13.DK14.DK15.DK16编组的斩波调压中日合造北京地铁电动客车。工厂与日本东急地铁公司联合制造北京新型“斩波调压”地铁电动客车现场编组情景……离庆祝日前后仅剩3天时间却出现突发事件：DK13斩波调压中日合造地铁车辆“结合子”由于日方和工厂生产技术文件漏项，未能安排加工；车辆编组连接时才被发现。主管生产副厂长马树坤紧急召开生产主任调度会议，工厂生产会议室气氛显得异常紧张：厂长李克俭、党委书记周彩章、总工程师王焕章等主要领导均已到会议室在听取汇报……

地铁加工车间生产现场：严明正准备去参加工厂紧急生产会议，这时工艺处高工方云罗急促的脚步：严明同志，请等一等……出大事了，DK13编组车辆连接时发现“结合子”由于生产工艺技术文件漏项啦！……这是我的疏忽，请您帮助……这是草图及生产工艺路线，工厂领导都在等着听结果呢！……迟到了！……严明知道：按惯例迟到是要罚站的。今天与往日不同；刚推开门，生产处长刘景芳就拉住严明示意坐在身旁。严明展开看了草图及生产工艺路线，在沉思……

马树坤（副厂长）严肃地说：设计处袁金华同志请你先发表意见。

袁金华：这得请工艺处杨处长安排。

杨化民处长：“结合子”由于工艺技术文件漏项这是我的责任……按生产工艺路线安排应由精铸车间为头道工序，然后转地铁加工车间加工后，转工具车间进行热处理……

马树坤急切地问：精铸车间刘主任你说，什么时间能拿出件来？

“精铸做蜡型至少得3天，成型出件至少得5天，最快得8天交件。我这就去安排！”

“你不用去了，来不及了！……谁还有办法？”马树坤将目光转向会场。

严明举手站起来说：我迟到了得检讨！（大家都笑了）来时工艺处方云罗高工给了我“结合子”草图及生产工艺路线，刚才看了材质是55＃钢的，直径为900见方。我想如果设计处袁处长和工艺处杨处长能同意改变技术工艺方法的话，得请锻工车间范主任帮助安排锻件加工，最好能有大于900见方现成的锻件就更好了！……若有了锻件替代品，我车间可以连夜加工，歇人不歇机，保证进度和质量，明天早7点可将8件结合子转工具车间进行热处理后，再转回我车间进行探伤和精加工；预计最迟明天下午三点半以前交给地装车间装配现场，时间来得及，请工厂领导放心！”

4.马树坤征求了厂长李克俭、党委书记周彩彰、总工程师王焕章的意见后说：范主任你和严明同志现在就去落实，一定要办好，我们等你们的好消息！当日晚上八点多钟李克俭厂长、刘仁民副总工程师从地铁加工车间巡视出来，遇上严明等人从锻工车间推“毛坯件”工具车回来：“你们大家辛苦了！”……请领导放心保证圆满完成任务！

5.（地装车间：海邦君、方云罗、严明、刘久成等正在DK13斩波调压中日合造车辆组合安装“结合子”现场）平时热情礼貌宽厚的日本东急地铁车辆公司的技术课长野平先生今天兴致勃勃，小胡子一翘一翘高兴地说：这件事你们做得很好，帮助我们提前完成了工作任务！这件事情，可以事先不与我们商量……这样做是对我们的信任！

海邦君回答说：我们是一衣带水的朋友，为了保证产品质量和进度，我们按照预先制定的试运行计划和惯例采取了补救措施，我们这样做也是很正常的事情，请野平先生放心！（工厂庆祝第一万辆铁路客车下线剪彩仪式隆重简朴、热烈顺利地按程序进行着。铁道部、中国铁路机车车辆工业总公司、吉林省、长春市领导和日本东急地铁车辆公司及国内外贵宾，即日来厂庆祝，同时参观和乘坐了DK13.DK14.DK15.DK16编组斩波调压中日合造北京地铁电动客车）。

工艺处方云罗高工迈着急促的脚步走来：海处长您的加急电报！“母亲病危请速回南京！”海邦君拿出手绢擦眼泪……即告假乘火车往南京。蒸汽机车牵引着铁路客车像老牛一样喘息着、冒着浓浓烟尘缓慢地爬行着……十万火急、坐立不安、彻夜难眠！……第四天上午到达南京家里时，老母亲已于两小时前去世！悲痛交加，以泪洗面……提速！提速！提速！我们一定要有高速铁路客车！

第十二章　第一次创业发展时期（外向型经营发展，1988年）

李克俭（厂长）：工厂利用世界银行贷款资金进行改扩建，引进英国三辆样车，开阔了视野，培训了骨干，使生产技术和产品档次与国际接轨上了一个新台阶，为生产168辆K25新型空调电动客车，形成批量生产能力和实现我国铁路客车改型换代奠定了基础。希望长客从“中国制造”出发走遍全国，走向世界，在建设国际化道路上奋力前行，致力于国际化发展战略的实施，引领外向型经济多种经营项目和科技创新成果落地生根。

1.藤茂根（经营副厂长）：“引进三辆车，追回了三十年！”就是凭这股劲儿，使我们在建厂三十多年就形成了长客发展的三大格局：新造空调电动客车，新造地铁电动客车和修理客车，现在想来那都是没有条件硬上马的项目，就是这种“硬上”的精神，保住了几乎被“下马”的长客，打下了长客生存、发展的基础。在艰苦卓绝的1987年，完成了新中国唯一的铁路客车新造厂的基本建设任务。

我们工厂从生产经营建设发展的全局出发，坚持科学管理，不断创新技术工作质量，目标是：立足巩固国内行业优势，加快追赶世界先进水平。现在是国家实施经济改革开放初期，围绕铁路客车生产经营发展，工厂领导集体决定“摸着石头过河”，先后成立了两个中外合资企业：“环美地板有限公司”和“三宝塑钢制品有限公司”；实行中外合资先行先试，力求走出一条外向型国际化发展的创新之路。

1988年，由于工厂木工车间为新造客车加工木制品车上装饰件，原料是从长白山大兴安岭运来的圆木，加工后的废木、边角料，积堆成山难于处理……为了废木利用，变废为宝，工厂成立了“环美地板有限公司”，主要解决废木利用，制成新造铁路客车的车用木制地板；同时加工木制地板出口返销国外，为国家创收外汇美元收入。

铁路客车运营和生产实践证明，铁路客车的车上件采用木制门窗和地板，质量和档次较低；由于木制品容易变形，涂漆工艺程序复杂经常出现质量问题，生产成本高，使用时间寿命短、返修维修率高，制约了客车生产的质量和产量。另外由于木制品属于易燃品，不利于防火等原因，工厂决定加速科技开发，制定选择品质优良替代品方案。

2.1990年工厂实施以塑代木、以塑代钢发展战略：决定合资引进国际先进“塑钢”技术，开发制造客车塑钢门窗、塑钢地板管线等车上件产品，以达到“防火阻燃，安全可靠、质优价廉、美观耐用”，为铁路客车的内装饰产品提供了优质部件和材料；并迅速扩展开来：职工住宅、长春民用住宅门窗等迅猛扩展……既保护了生态环境、节约了生态资源，又提高了铁路客车产品制造质量，降低了生产成本，增加了经济效益。人们赞美说：天有三宝：日、月、星；人有三宝：

精、气、神；东北黑土地有三宝：人参、鹿茸、塑钢材料！（不再是“乌拉草”啦！抗美援朝时志愿军冬季作战全靠“乌拉草”保暖脚……）

严刚说：……当时为了节省投资、尽快见效益，厂房选址时利用了已废弃多年日伪时期日军飞机场机械修理机库，（外资方同意纳入固定资产）由于屋顶方梁全部是红松木制易燃结构，长春市消防安全部门不同意作为生产厂房使用。由此三宝塑钢公司向工厂和市消防安全部门立下了“军令状”：全公司禁烟，违规即责令停产；并且提出“一年打基础，两年还贷款，三年见效益”的方针目标；立下军令状又增加了：待“方针目标”创收成功，再进行投资建设规范标准的新厂房。虽然这个方案得到了批准，我还是很有压力的！

为了实现这一方针目标，确保安全防火使公司能尽快投入生产，公司党政工团领导集体决定“从严依法管理、明确纪律”。公司内严令“禁止吸烟！”违纪者予以辞退。这是没有办法的选择啊！

严刚与韩伟说：我知道你很难，你烟瘾很大，我多次劝你戒烟，你戒了，给别人做了榜样，榜样的力量是无穷的！我真的很高兴，也很感谢你。韩伟说：我是政委，你是军长，治理公司我得听你的！我最大的责任就是保护你……不辱时代，不辱使命，敬重生命！

3.吴金升（厂级设备专家、原志愿军营长）：省质检局已经认证引进设备符合国家规定标准为良好；连续两天设备检测工作成效显著呵！……李盛祥（生产部长）、崔积湖（经营部长）风尘仆仆高兴地说：引进设备在外资方专家指导下，已经完成安装并顺利进行了试生产：塑钢门窗、塑钢地板管线型材、塑钢波纹板型材样品都出来了。

郝博（技术部长）也围过来兴奋地说：这些“塑钢”样品原料是德国产的，经化验已确认可以用国产原料替代；为了降低生产成本，已经联系可在吉林化学工业公司采购，质量保证并能够满足生产需要。

严刚：很好！我们就是要千方百计，努力在保证产品质量、降低生产成本上下功夫。大家辛苦了！我们开个短会商量一下。

韩伟（公司党支部书记）：大家都很辛苦，每人先吃一个苹果，这不算是奖励，真的就是为了平平安安的祝福，已经几天没见面了，拉近我们的距离大家说对吧？（大家笑了每人吃了一个苹果）

孙甲彦（质检组长）：经检验利用国际先进“塑钢”技术，开发制造客车塑钢地板、管线等车上件产品，已经达到“防火阻燃，安全可靠、美观耐用”质量效果……目前虽然已具备了生产条件，也有了产品质量保证的具体措施；但在新造客车上使用，还需要一段时间；有一些程序要求很严格；必须经过国家铁科院检测中心检验报告出来，批准了以后才能上车。这段时间可以安排些路外产品？

邢万重（管理部长）：利用这个时间空挡，我们现在工作重点是健全完善规章制度，抓紧岗位培训做好生产前的各项准备工作。按照公司订单安排首批生产塑钢波纹板型材产品，严格按照生产工艺流程实行“三班倒”连续作业、“歇人不停机”很辛苦；为争取产品质量和效益最大化，公司决定改建职工食堂，为职工提供餐饮送温暖！

严刚：请崔积湖同志抽个时间，可先在吉林电视台登个广告实物片宣传：“塑钢门窗型材、塑钢地板型材，尤其塑钢波纹板型材样品，镜头要有汽车碾压冲击力！”可先行在吉林省地区粮食储藏大棚设施推广使用。时间紧任务重相互配合，请各位认真按照职责落实。

侯巍（财务部长）：好消息，这个广告实物片宣传真管用：长春市粮食局长严致远和吉林省粮食厅的领导要来公司参观并商谈合作、订单事项。还有长春市区、舒兰等地急需要塑钢门窗。

藤茂根（经营副厂长兼公司董事）指示：可以请省、市粮食仓储系统的领导同志先到公司现场参观，然后来工厂专家楼会议室商谈具体的事项，我也参加。藤茂根副厂长热情接待了长春市粮食局长严致远和吉林省粮食厅仓储部门的领导，参观工厂并商谈签订《合作意向书》等事项。至此公司车辆运送第一批塑钢波纹板型材，先行在吉林省地区粮食仓储大棚设施推广使用。

4.王济英（生产副部长）：职工班前交接列队生产安全讲话情景：严格按照制度规范穿戴工作服；首批安排生产塑钢波纹板型材产品，按照生产工艺流程实行“三班倒”连续作业；要坚守岗位认真执行安全操作规程，认真做好配料“交接班记录”确保产品质量！

尹强（工会主席）：真高兴！我们公司崭新的车辆运送出第一批塑钢波纹板材，先行在第一面粉厂、粮油加工厂、粮食中心仓库等粮食储藏大棚设施使用，真的很高兴流泪了，似乎猛然间发现我终于能用整个大学时光，回报公司、服务社会，这些日子繁忙紧张也没有人叫苦！连日来埋头默默地创造性工作，也不想让更多人知道我们这段艰难困苦的创业历程！

马乐（团支部书记）：今天是“七一”党的生日，我们缅怀革命先烈丰功伟绩，共创公司美好未来，为职工谋利益送温暖，为公司发展艰苦创业做贡献；人生有意义坚定信念，把理想信念牢固树立起来，对党忠诚勇于担当，“抗美援朝志愿军”永远是一张响亮的名片！

张雅君（经营副部长）：产品市场营销创新工作难度很大，产品的价格定位“摸着石头过河”，涉及利润最大化容易出现腐败；在实行中走向成熟，敢于勇当天下先，做快乐的自信，以快乐心情，对待和珍惜这份营销工作，努力实现公司利润增长和人生的未来与梦想！

侯巍（财务部长）：现在应该成家娶媳妇了吧？希望你梦想成真，为公司经营创收获取更多利润！

职工班前交接班列队进行安全生产讲话情景。

技术部长郝博说：有个好消息告诉大家，工厂决定：我公司生产的塑钢产品，即日起替代易燃的木制品。工厂新造客车采用我公司生产的塑钢地板、管线和塑钢门窗——防火阻燃材质车上件，经过实测检验证明耐高温、低温产品质量过关并符合要求，这是具有里程碑意义的大事件！我们工厂生产的铁路客车率先实施以塑代木，以塑代钢发展战略，并得到了中国铁路机车车辆工业总公司黄明总经理的支持和鼓励，并决定予以推广使用。

今天的天气真好！天高云淡风和日丽，李克俭厂长、藤茂根副厂长、王焕章总工程师陪同黄明总经理来塑钢公司考察时很高兴，李厂长说：黄总啊，台湾王永庆是世界有名的“塑胶大王”，那么几年以后，我们的藤厂长也能成为世界级的“塑钢大王”啊！青出于蓝胜于蓝！大家都笑了。（公司的贵宾进门时按惯例自动打卡：登记签名作为纪念。新公司、新事物、新气象令来宾客人激动兴奋不已！）。

6.藤茂根：塑钢公司已经进入良性发展势头很好……要开好头，起好步，打好基础。这就要求我们更加深入地研究市场，善于捕捉信息，积极参与市场竞争，加速产品开发，培育新的经济增长点。要从实际出发，拓宽思路，搞活营销，增强市场经济的适应能力。同时，对目前已经较为成熟的市场，要倍加珍惜和爱护，以质量和信誉保住来之不易的市场成果，牢固树立竞争意识；充分发挥国有资本优势，建立符合现代企业市场经济要求的运行机制（原则性与灵活性结合）。

7.严刚：为了公司的长远发展，首先要落实各级领导岗位责任制，加强绩效考核，从严依法管理，并明确严令公司内“禁止吸烟”；党员干部要以身作则一定不能袖手旁观，要发挥自己的优势和浅能，从作风建设入手，继续保持反违纪的高压态势；有些同志现在不理解，需要用联系、均衡、务实的眼光看待，请大家给予理解和支持。

王环：什么从严依法管理，还明确严令“禁止吸烟”都是屁话！还要辞退我……首先把塑钢公司挤垮……可以采取“有罪推定”！结果是不重要的，重要的是过程，先阴谋给他假设一个“有经济问题”、利用“一笔资金去向不明”为理由进行抹黑，先说出去，无论有罪无罪，先定罪名后调查！这就是从经济上击倒，从政治上搞臭，从精神上折磨，欲加之罪何患无辞呢？……这真是个好主意！（最坏事情？）

吴金生（原志愿军营长伤病后期转业）激情地说：王环你也是个党员干部，你想过没有你这样做的后果，由于你的违纪吸烟导致公司生产被责令停产，你能对得起谁？当时为了节省投资、尽快见效益，厂房选址时利用了日伪时期，已废弃多年日军飞机场机械修理机库，由于屋顶方梁全都是红松木制易燃结构，你是知道的呀！长春市消防安全部门不同意作为生产厂房使用。由此公司领导向工厂和市消防安全部门立了“军令状”：全公司禁烟，违规即责令停产呀，这些你都是知道的！

这口烟你不吸就不行？我不相信如果不吸烟能要了你的命？不仅是公司辞退你，也是工厂要求辞退你，要我说还要开除你的党籍；因为你阴谋编造了严刚同志“有经济问题”“有一笔资金去向不明”的谎言为由进行抹黑，你这样做能对得起你自己的良心么？如果你愿意在臭泥坑里打滚，就别怪别人给你丢块石头，让你陷得更深！

没有了工厂的工作你将什么都不是！人总是在失去的时候才猛然醒悟，我们原来的生活是如此美好！可是世界上没有后悔药，当我们知道后悔的时候一切都已经离我们远去。只有工厂才是我们的依靠，只有工厂发展效益稳步提高，才是我们职工生活工作的幸福！……产品签了合同，订单违约是要负责任的？现在有多少单位急着要货呵……我们塑钢公司生产经营不仅形成了规模效益，更重要的是解决了多少职工家属子女就业，你是知道的！……没有工厂就没有家，没有国就没有家！

我们参加党组织，拥护共产党的领导，因为我们很多人经历过1950年的抗美援朝战争，1962年的自然灾害以及“工厂下马的考验”，经历过十年浩劫，经历过上山下乡，经历过改革开放。因为我们这代人亲眼所见、亲身经历了从一穷二白走向繁荣发展的几十年变革，都深知只有共产党才能统一和领导这么大的国家。中国一旦失去共产党的领导，将会天下大乱。中国要乱了，那就是13亿中国人的灾难。我作为一名支部委员和老同志，我建议你向党支部写一个“检讨保证书”，认真检讨自己严重的错误行为，保证今后自觉遵守组织纪律和党纪国法，请求党组织给予谅解和行政处理。（王环痛哭流涕点头，塑钢公司创业发展的艰难历程原始镜头。）

韩伟：现在我宣布工厂纪委张俊祥书记通知：严刚同志没有任何经济问题，继续主持公司工作，请大家放心！（会场：掌声）

8.1993年8月，长客同长机合并的消息传来，牵动着全厂万余名职工的心，多数职工持反对态度。工厂领导班子工作例会情景：

李克俭：长机讲“党义”，长客讲“效益”，我们两个兄弟工厂都在全国闻名！长客、长机两厂合并进行资产重组、组建集团公司，现在的条件还不成熟！（长机讲“党义”，长客讲“效益”的故事）

1993年9月，厂长李克俭及铁道部相关领导在伊朗，签订德黑兰217辆地铁、56辆双层电动客车和发电车合同情景，令人欣慰振奋。

李克俭说：我从伊朗回来感悟有两件事：一是阎华等老一辈工厂领导远见卓识，于60年代中期较早开发了地下铁道电动客车，更重要的是通过地铁车的生产，为促进新技术、新产品的开发创造了极为有利的条件。二是工厂坚持以企业发展战略为导向，实施产品开发为龙头的创新发展战略；因为有了地铁电动客车，才有了准高速电动车组在线上试运行，给长客留下了可继续发展的具有科技基础的底子。

长客有铁路客车制造、地铁客车制造和车辆修理三个系统的大型国有企业，发展成今天这样一个建立了具有创新驱动能力，有内生发展动力的铁路客车装备制造大型强势企业很不容易，包含着我们太多的希望。希望长客从“中国制造”走向“中国创造”，走遍全国，走向世界，引领铁路轨道客车科技发展使中国成为世界科技创新强国。

真是令人高兴的大事件！现在闭路电视效果真好啊！播出了“引进三辆车的故事”令人欣慰！……我已退休二线，我们曾经是工厂生产建设管理的生力军，长客的建设发展一直与我们息息相关，是一辈子忘不了的记忆。祝愿长客的明天更加美好！

第十三章　第一次创业发展时期（产品质量、转机建制，1994年）

1.1994年5月，铁道部长傅志寰视察工厂并给予多项指导和鼓励政策（宣布主要领导换届和干部任命）。8月25日，中国铁路机车车辆工业总公司总经理魏明海来厂正式宣布："铁道部5月27日部长办公会：关于长春客车厂、长春机车厂两厂合并，进行资产重组的决定。"至此，"长客"、"长机"两厂进行资产重组的大幕正式拉开。

王焕章（长客总工程师）：提意见你得接受啊……在这承前启后的关键时刻，真佩服你的担当！两厂合并进行资产重组已经引发了干部、职工的担心和不理解，产生了一些消极抵触情绪，一定程度上影响了工厂正常生产工作，也一直牵挂着工厂主要领导的精力，两厂合并的事能不能先缓一缓？目前应该把主要精力放在工厂生产经营和切实解决产品质量问题上！

马树坤（长客厂长）：接到"调令"刚从柳州工厂回来，面对工厂生产经营困难、产品质量"滑坡"的严峻现实，困扰牵动着全厂职工的心……究竟主要问题根源在哪里？

2.王焕章：我厂产品质量“滑坡”，是从今年5月份接到柳州、广州铁路局加急电报，反映K25新型空调电动软卧车和硬座车窗、车顶及空调机座等处漏雨开始，广局T16次K25G新型空调硬座车电源箱着火等重大质量问题，以至今年6月9日发生自建厂以来从未有过的、刚出厂运营不到一个往返的哈局T18次K25G新型电动软卧车摇枕吊轴脱落的险性事故，这严重损害了工厂的形象、信誉和声誉。

我厂生产的K25新型空调电动客车，从1992年开始试生产到现在，产品经过改型换代，正式批量生产也只有两年的时间；铁道部车辆局和各路局用户要求的客车制造质量和档次水平提高了，而我厂的技术基础水平与这种要求的标准比较，却没有相应地提高。K25新型空调电动客车只能说是刚刚进入成长期，而中长途双层客车、准高速电动客车也刚刚进入试制期，产品质量还不稳定，技术基础还不能适应新产品生产的需要。特别是从用户那里反映来的质量信息，还不能准确迅速地得到反馈和及时有效处理。（原始镜头）乘客们很高兴地乘坐广州至柳州的K25新型空调客车：“这节车厢怎么没有电风扇？……从哪里来的凉风真的好爽啊！”“这是我们中国自己制造的新型空调电动客车，还有自动电加热饮水箱，真方便可先进了！……啊呀外面下大雨了，哎哟车窗、车厢顶上漏雨了啊哟！

3.梁志超（生产副厂长）：经过调研分析，使我们清醒地认识到，我厂的产品质量“滑坡”，既有历史原因、外部的影响，也有体制的问题和技术的问题，而主要应是由于管理的“滑坡”而导致产品质量“滑坡”。因为，企业自身体制的问题、技术的问题，都是可以通过人的有效管理来解决的；企业的大政方针、规章制度，都是由人来制定、来执行的。企业的管理，说到底就是人的管理；企业的质量管理，说到底就是要落实质量责任制。我们讲科学管理，就是要根据企业自身生产经营发展的需要，不断地改进管理方法，革除影响和制约提高产品质量的弊端，不断在生产实践中总结经验，增补充实新的内容，其中也包括调整、修正有关规章制度，以达到消除来自方方面面的影响和制约产品质量的因素，做到管好、管住、理顺，以适应世界铁路机车车辆高档次、高质量、高速化的生产经营发展趋势的需要。目前质量管理急需落实各级岗位责任制，纳入依法管理的轨道。当前最重要的是找出主要问题，采取有效措施，抓住产品质量关键环节解决根本问题。最难熬的这一刻挺过去，我们就会在建设发展过程中总结经验，真正树起承前启后的“质量警示丰碑”！

4.马树坤：很好，多保重！我最担心的是你的身体，我知道你工作压力大、心思有多重！你总是把困难留给自己，把方便让给别人；这回失责必问，加大了问责力度；这件事你真的干得很漂亮！在解决产品质量的关键问题上，有特殊贡献的人选，你可以推荐几个，非党员同志也可以；只要做出了突出成绩、解决了重大问题，不仅要奖励他，还要提拔让他担负起更大的责任！

严明（厂办调研室）：钢结构车顶质量问题的调研报告：车体钢结构的生产是我厂新造客车的中间工序，来自方方面面的因素如控制不好，都可能影响和制约钢结构的质量和产量、而车顶工序则是钢结构生产难度最大，困难最多的关键工序。为此，就车体钢结构质量问题进行了调研，并就有关主要问题汇报如下：一、车顶内高、车顶宽尺寸超差。二、车顶纵向梁过高、不直。三、车顶板不平、顶板搭接量过大。四、车顶吊卡不直、歪斜。五、侧顶焊接质量不稳定，焊缝偏、焊接成型不美观、焊穿、焊后清理不细。六、车顶《焊接规范》沿用K22低碳钢板，现K25空调改型客车材质改为耐候钢板，实际上已经失去车顶组焊质量控制的约束力。七、车顶组焊至今没有《试漏检测装置》是导致出厂车漏雨的主要原因。几点建议。

职工群众：可喜的是领导集体上任一年来，励精图治、改进作风，有决心、有能力“从严依法治厂，推进基础管理”，提高产品质量，工厂未来发展的美好蓝图已经展开。

5.建立现代企业制度；实行公司制改造；施行新税制的对策。

董晓峰（长客副厂长）：党的十四届三中全会《决定》与《公司法》颁布，标志着我国国有大中型企业转机建制进入了新的历史阶段。目前，实行公司制改造的大政方针已经明确，毫无疑问，深化企业改革，搞活企业的路子应该由企业自己去走。我厂虽然不是铁道部规定的试点企业，但在工厂发展的重要历史关头，我们应该一如既往、脚踏实地、积极稳妥地充分做好实行公司制改造的准备，明确实行公司制既不是简单的更换厂名，也不是单纯为了筹措资金，而是重在转换企业经营机制，使企业具有更大的活力和更新的发展。在企业制度改造过程中，我们应该从工厂发展大局着眼，建立自主经营、自我发展的约束激励体系，抓住时机选择确立体制形式，成熟一个部门设置运行一个部门，以点带面，逐步推进。

6.马文秀（厂办主任）：依据《公司法》，借鉴国内外先进企业的成功经验，就我厂实行公司制改造问题谈几点意见。一是确立企业法人制度，必须严格落实企业自主权，避免过多干预，从根本上改变国家行政机构附属物的地位。二是实行公司制改造后建立的有限责任公司资产存在和运作应表现出两重化形式，一方面国家作为投资者按投入公司中的资本总额享有所有者的权益；另一方面，企业享有由股东投资形成的全部法人财产权，成为具有完全民事权利和民事行为能力、独立承担民事责任的法人实体。也就是说：由中国铁路机车车辆工业总公司代表国家，以出资者的身份拥有企业财产，享有所有者的权益；而有限责任公司则以企业全部法人财产，依法自主经营、自负盈亏、照章纳税、对国家承担资产保值增值的责任。三是实行公司制改造后，党组织在企业中政治核心领导作用无疑是十分重要的。我厂实行公司制改造，既要按照国际惯例办事，也要依据我国国情和厂情办事；西方国家搞公司制已经有几百年的历史，形成了一套比较成熟的经验，我们应该大胆地吸收借鉴他们的成功经验，革除我们旧体制中的种种弊端，把国外的经验和我们自己的优势结合起来，充分发挥企业党组织的政治核心作用，这是社会主义企业的本质和根本任务的需要，也是保证我厂实行公司制改造后企业健康发展需要。中国共产党是社会主义事业的领导核心，党的基层组织是党执政的基础，不管企业组织形式如何变化，按照社会主义基本特征要求，也必须坚持党的领导，发挥党组织的政治核心领导作用不能变。

7.严明（厂办调研室）：可能遇到的问题与对策。

（1）企业名称的选择：企业的名称由“铁道部长春客车厂”改为“长春客车厂”出现了一些问题也引来了一些麻烦。一是我厂在国际交往中惯用带有“铁路”字样的名称一经改变，导致了传真、电传等文件的流失和时间上的拖延，如名称翻译上“长春卡车厂”误以为是

“汽车厂”等；二是长春市的客车厂就有好几家，经常出现生产技术协作函件由于名称宽泛而误投。因而建议企业名称由“长春客车厂”改制为：“长春轨道客车股份有限公司”。

(2）职工的思想观念不可能随着股份有限公司的建立和挂牌，而一下子适应现代企业制度的要求，需要在实行中加强教育和引导帮助职工尽快转变观念，调整思想和利益关系；政企分开需要一个过程，在以法管理和依法经营中，努力争取企业的自主权，政企矛盾只能协商解决，逐步理顺。

(3）科学管理的实现需要循序渐进的过程，只能在实行中逐步对计划经济的管理制度进行改造、充实或借用；当前着重应在转机和科学管理上下功夫。目前公司制企业首要任务是调整经营关系，扩大自主经营，加强科学管理，增加企业经济效益。

8.邸晋英（财务处长）：施行新税制对我厂生产经营的影响与对策。国务院发布的新税制自1994年1月1日起施行；施行新税制，对我厂生产经营有哪些影响？我们应该采取哪些有效措施与对策，不失时机地把握运用好政策，充分利用新旧税制接轨过渡期内，国家税制改革给予的优惠条件，减少重复纳税，减轻企业财税负担，积累企业资金提高企业经济效益，增强和发展我厂的经济实力。

李刚船：面对市场经济的新形势，我们应该在由“承包制”转向统一税制过程中，依据建立社会主义市场经济体制的总目标，拓宽改革思路，不仅要在调整国家与企业分配关系上利用国家给予的优惠政策，还要在逐步建立起产权清晰，权责明确，政企分开，管理科学的现代企业制度中，积极探索搞活企业、转机建制的有效途径！

9.徐汝君（计划处长）：我厂多种经营正在蓬勃发展，多种经济成分并存已经改变了过去工厂的单一经营模式，为增强企业活力，提高经济效益，安置待业青年和富余人员创造了条件。我厂所属工业公司、建筑公司等集体企业，中外合资企业以及为数众多的多种经营经济实体，目前已经发展成为我厂的第二经济支柱。多种经营形式的多样化，带来了工厂生产经营的大发展。我厂是全国500家最大国有大中型企业之一，隶属于铁道部中国铁路机车车辆工业总公司，目前实行“铁路大包干承包经营”责任制。新的税制改革方案出台，从根本上改变了“承包制”赖以存在的基础。随着市场经济发展以及现代企业制度的建立，我厂作为国有大型骨干企业之一，必将随之改变现行的体制，转换经营机制，以尽快适应新形势发展的需要；进入国内和国际大市场参与平等竞争，由“承包制”转向统一税制。

第十四章　第一次创业发展时期（两厂合并重组，1995年9月）

（工厂中干例会）马树坤：铁道部很重视长客、长机两厂合并进行资产重组。是啊！多年来长机讲“党义”，长客讲“效益”……我们两个兄弟工厂都在全国闻名……按照中国铁路机车车辆工业总公司的安排：要求尽快做出《长客、长机两厂进行资产重组、组建集团公司方案》上报铁道部。要认真落实即刻上报方案，军令如山啊！

今年初国家已经决定：正式停止铁路蒸汽机车生产制造；铁道部决定：长客、长机两厂合并、进行资产重组。目前，我厂与长机两厂以铁路客车为纽带进行资产重组，已经势在必行。这就要求我们要把眼光放长远一些，从工厂发展大局出发，盘活资本存量，优化劳动组合，不仅要在K25新型空调电动客车这个主业上下功夫，还要努力扩展高速铁路轨道电动客车高端市场，不断扩大市场份额；要利用目前两厂重组这个有利契机，实施高速铁路轨道客车电动车组科技开发、产品创新，形成新造客车（长客股份）和修理客车（长客装备）两条线，多渠道创收增利发展规模经营。两厂合并重组这是一个很大的课题、难题，只要肯动脑子，办法总比困难多！

董晓峰（长客副厂长）：要充分估计两厂合并重组的困难，更要看到有利于工厂建设发展的趋势不会改变；这项工作在提前安排准备基础上形成方案，即刻召集相关部门领导进行专项部署落实。

《长客、长机两厂进行资产重组、组建集团公司方案》（画外音）：

1.资产重组、组建集团公司的必要性和深远的战略意义。企业的联合或兼并向集团化公司发展，是当代国际经济发展的一个重要趋势。许多发达国家如美国、日本、德国以及一些发展较快的第三世界的国家，都把组建和发展企业集团作为一项重要国策来实施，并通过一批大型、超级企业集团确立其在世界经济、政治上的地位。企业集团化是跨国界、跨地区、跨行业形成国际网络；是建立在生产技术的高起点和产品档次高标准基础上的投资中心、利润中心、决策中心，以适应市场经济需求的变化。

2.我国铁路轨道客车的高速化、高档次、多样化、大需求的趋势，为企业集团化发展及与国际接轨提供了机遇。“八五”期间我国新建铁路6600公里，复线4100公里，电气化铁路5600公里，新建十条铁路运输线。尽管这样，美国铁路是中国铁路的四倍，印度铁路比中国还多一万多公里。由此看出国家领导人早已认识到铁路大动脉是制约国民经济发展的瓶颈。目前全国日均要车计划只能满足60%左右，新造铁路客车需用量增大，但资金不足，京广、京沪、京哈等主要铁路干线长途客车严重超员。我国铁路客车制造业面临着机遇与挑战并存的局面，既要满足国内，也要走向世界。

3.世界高速铁路的发展是从1825年英国建成第一条现代化铁路开始的，1964年日本在东京——大阪建成世界上第一条长515公里、时速210—260公里、每4分钟发出一列高速铁路，年输送旅客一亿多人次。目前世界铁路客车最高时速是法国的巴黎——里昂、时速为270公里，高速铁路长达425公里。世界高速铁路呈现出高速化、高档次、多样化、大需求的趋势，为铁路客车制造业发展提供了空间和机遇。作为我国铁路客车生产厂家应站在世界铁路客车发展高度，进行资产重组、组建企业集团发展我国铁路客车制造业，早日与世界先进国家铁路轨道客车发展技术和管理接轨。

为在较短时间内缩短铁路轨道客车与世界先进水平的差距，要加速提高以产品质量、档次为目标的技术改造和产品结构调整。企业开展横向联合，实行资产重组，是促进企业调整产品结构的有效途径；充分运用现有的技术装备，实行集约化经营，通过技术改造，走内涵扩大再生产之路，尽可能少地投放注入资金，尽可能多产出收到实效，符合我国发展企业集团转换经营机制的客观要求。

4.现阶段铁路正处于大发展时期，铁路客车产品的多样化改型换代、市场需求和供给的矛盾较为突出，虽然目前铁路客车新造和修理厂家市场适应能力较差，并不是“吃得很饱”，但外协件却影响着长客的产品质量、交货期和售后服务，制约企业的发展。如果利用长机现有厂房条件，技术装备和一大批训练有素的产业职工队伍，发展客车新造和修理，路用配件和外协件扩大生产规模，是发展企业集团的好时机。如果1996年能实现客车修造转产改造并形成能力，中国铁路机车车辆工业总公司每年能计划统配2000辆新造铁路客车，这将有利于企业集团调整产品结构，扩大发展新产品生产市场。

5.虽然长客、长机两厂还主要是靠指令性计划调节生产经营的企业，但面对市场经济的新形势，未来的市场经济变化莫测，多数职工的不理解，主要原因是担心“争饭碗”“抢饭吃”进而影响企业的经济效益和职工的切身利益。资产重组后可能造成两厂的基础工作方式在一定时间内不能步调一致、同心协力地工作；初期由于两厂的基础不同，现状不同而造成的干部和职工的岗位变动，利益分配、工资待遇等诸多历史遗留差异而带来的种种复杂难题，以及两厂职工在住房、机构及福利待遇上存在着的差异可能会出现一些纠葛，很难一下解决。两厂合并实行资产重组，牵涉的面广问题较多，因而既要大胆又要谨慎、又要积极、稳妥地推进，这对长客目前情况来说尤其困难。多数职工的不理解，甚至有的反对造成了一种抵触情绪和心理障碍，因此，应通过行之有效的多种教育形式从正面引导，帮助职工群众深刻理解和认识企业进行资产重组是市场经济发展的必然趋势，它是增强企业活力，发挥企业集团的整体优势，扩大多品种生产能力，形成规模效益，有利于企业集团的改革、建设和发展，符合广大职工的长远利益。

6.长客、长机实行资产重组，建立企业集团后的经济责任关系应确立为两步走的战略：第一步是实行资产重组初期长客、长机两厂应明确为在集团公司统一领导下的经济独立核算单位，即实行分灶吃饭，独立核算、利润分留、自主经营、自负盈亏的管理模式，即“半紧密型企业集团”。也就是长客、长机与集团公司是母公司与子公司的关系，长客挣钱长客花，长机挣钱长机花，子公司按一定比例向母公司上缴税后利润。第二步是资产重组后根据企业发展以及企业效益情况，在企业集团内部模拟市场核算，实现集团公司内部的人、财、物、产、供、销、党、政、群“九统一”的目标。并创造条件适时融为一体，转为“紧密型集团公司”。资产重组后长客与长机职工的工资、福利待遇应同本企业的经济效益挂钩，不搞“大锅饭”，应在原有基础上，按市场经济规律及本企业经济效益的不同幅度而增长。不应过多地在两厂之间横向比较。

7.实施资产重组应抓住当前有利时机、充分利用现有条件和政策，调整产品结构和优化生产布局，实施科技创新，扩大多品种生产能力，为企业进一步走向市场做好充分准备。一是向铁道部争取所必须用的转产技术改造资金，以确保集团公司新造和修理客车转产顺利进行。二是将长客的修车分厂和多经企业与长机合并（装备公司），同时输送配置生产技术骨干，利用由于转产、技术改造过程富裕的厂房条件和设备能力，生产路用配件和外委协作件，尽快形成铁路车辆配件生产能力，扩大客车修理的生产规模，争取最大经济效益。三是长客（股份公司）应充分发挥在全国铁路客车制造技术领先的优势，在地下铁道电动客车生产基础上，加快城市交通、城际交通轨道电动车组的开发研制，并尽快形成批量生产能力；生产发展铁路轨道交通市场急需的地下铁道电动客车、双层客车、K25新型空调电动客车和高速铁路轨道客车电动车组，形成多品种大批量生产能力。

8.坚持多元化经营，由产品集团向资产集团发展。实施多元化经营，是企业集团走向市场化的客观要求；建立多经产业，开辟第二财源，是扩大财富积累的重要途径；也是实现企业集团化发展，增强市场应变能力，求生存谋发展的战略措施。集团公司要以铁路客车新造、修理为支柱，为进一步发展铁路轨道机车车辆外协件、配套件、辅助零部件产业和社会服务业市场，创造了极为有利的条件和契机。

9.实施资产重组、组建企业集团首先要打好基础。认真落实各级领导干部岗位责任制并严格考核，建立完善自主经营、自我发展的约束激励体系；加强和改善企业基础管理、推进科技创新，是企业实现自主经营自我发展的基本保证。管理基础的扎实性和管理方法的适应性，要符合市场经济发展的要求，这是实行资产重组、组建集团公司后的一项十分紧迫的任务，应认真落实重点抓好：

一是通过资产重组，充分发挥企业集团整体优势，以市场为导向，调整产品结构，组织科技开发，广泛采用国际先进标准组织生产；要摆脱过去旧体制机构框架的束缚，按照现代企业制度的要求设置机构，实行优化组合，改变过去管理层次过多，人浮于事的弊端。

二是建立和完善质量保证体系，采用新技术、新工艺提高产品的质量和档次，不断提高拓宽产品在国际和国内市场的竞争力和应变能力。大力开展增收节支、增产节约活动，从挖潜入手，加强企业管理；把控制生产成本和管理费用作为改善经营管理，提高经济效益，增强市场竞争力的一个重点。

三是生产管理要适应“多品种、小批量、快节奏”的市场经济的要求。要严肃工艺纪律，简化管理程序，继续推广应用《集成化管理法》。狠抓基础管理工作，坚持“自主管理”，借鉴国内外企业管理的成功经验，赶超国际先进管理水平，使工厂的现场管理、质量管理和班组管理等项基础工作再上一个新台阶。

（《长客、长机两厂合并，进行资产重组，组建集团公司方案》得到中国铁路机车车辆工业总公司支持和铁道部批准，并予以实施。）

第十五章　德黑兰地铁合同正式生效（从严依法治厂，1996年）

藤茂根（长客副厂长）：1996年8月，我厂与伊朗签订的德黑兰217辆地铁、56辆双层电动客车和发电车合同正式生效。冯伯欣去了十几趟德黑兰，对地铁走出国门功不可没；支持我们做了很多新技术，有一些新型胶、司机室开关、灯什么的，是全寿命的。所以北京地铁公司对DK20地铁电动客车，用上这些新技术是很满意的。

因为有了地铁，长客的今天才会这样辉煌！才有了现在几条线的发展基础！……给长客圈了这么大一片可发展的地界和空间。工厂利用四十多年的时间，从无到有、从有到精、从精到优，让从原始创新开始的“中国制造”从长客走遍全国，走向世界。

汪枯泰：我们要认清形势，增强履行合同的紧迫感、危机感和责任感。伊朗地铁、双层电动客车产品的生产，为工厂发展带来了新的机遇。目前，在众多企业为产品销路不畅开工不足而一筹莫展的时候，工厂不但主产品任务饱满，而且还获得了国际招标产品订单，这是我们长期艰苦奋斗获得的丰硕成果和发展机遇，我们工厂无疑会在现有基础上再向前迈进一步。面对这种机遇与挑战并存的形势，我们已经充分认识到，伊朗德黑兰地铁和双层客车作为工厂第一次大批量生产的出口产品，其成败事关国家形象，事关民族地铁工业前途，事关工厂声誉，事关企业兴衰，事关职工切身利益，一定要树立强烈的时代紧迫感和历史责任感，从思想上高度重视这些产品的研制，坚定生产优质产品的信念，坚决搞好这一走向国际市场的关键战役，希望借此强劲“东风”鼓足干劲，使我们工厂地铁电动客车制造的技术标准和管理标准与国际惯例接轨，登上建设国际级现代化企业的新台阶。

1.王天福（经营副厂长）：面向国际、国内两个市场，面对品种多，周期短，质量要求高的严峻形势，在稳定大线结构合理布局的同时，鉴于1995年完成新造客车19个品种，1101辆的统计数据，考虑到德黑兰地铁电动客车生产和新产品开发比重较大，时有冲击和影响大线生产的现状，先后在生产布局和企业组织结构调整方面，按市场经济要求和工厂产品结构调整相适应的原则，撤销了二氧化碳车间和铸铁车间，组建了试验车间，并正在筹建第二钢结构车间，进一步理顺工厂生产工艺布局。自今年5月27日到9月中旬，仅3个月时间，就显示出效益，不但车照出，还降低了成本100余万元，盘活了资金，场地、人力投入再生产创造的经济效益不可估量。从工业普查中工厂摸清了“底数”，从学习邯钢经验中受到启发，产品成本牵动着企业的每根神经，要增强企业竞争能力，就得从小处着眼，从“小账”算起，把产品成本降下来。工厂采取闲置设备登记处理，长线物资“零库存”等管理办法，有效控制了资金和物资的浪费降低了成本。

2.马树坤（长客厂长）：加速工艺布局的调整，抓紧形成“2234”生产格局（即：两个冲压、两个钢结构、三个转向架，四个总装配），按照“重点投入，择优扶强，规模经营”的精神，着重加强总装配、钢结构、转向架等主体工序和关键环节能力的配套和布局调整，实现上质量、上档次、上水平的目标，并系统考虑修车分厂转产调整和厂房使用问题，包括存量资产的效能，积极推进结构调整，促进产品结构优化升级。基本思路是：稳定大线生产，调整优化二线，尽快配套完善形成能力，形成产品结构战略管理新格局。

3.1996年8月，铁道部长春客车厂与伊朗签订的德黑兰217辆地铁电动客车和56辆双层客车合同正式生效。（中央人民广播电台“新闻与报纸摘要节目”播出了这条消息）；国务院副总理邹家华要来长客，与铁道部长傅志寰通电话后，傅志寰部长即日先行来工厂视察。

在工厂主要领导马树坤、汪枯泰及相关部门领导陪同下来到生产现场，检查中发现很多问题：在钢结构车体分厂工位器具前停了下来，傅志寰部长说：“树坤同志，这个工位器具里装的是合格品，还是不合格品，还是毛坯件？”马树坤：请车体分厂张恒生和设计处袁金华同志回答……这是怎么回事？“很明显是混装！……傅部长是专家，这个工位器具箱里装有合格品，也有不合格品，还有毛坯件标识很清楚！这是我们管理不到位，立刻整改”……在前往办公区时，傅志寰部长看见有一处走廊未亮灯，转身径直走进去，这里由于下水道堵塞，踩了一脚水哦鞋都湿透了……

回到工厂会议室，傅志寰部长站着（依然穿着一只湿透了的鞋不让换）严厉批评：我们各级领导干部一定要接触实际、经常深入生产一线联系群众走动管理，这是我们领导干部、共产党员的终身事业。如果没有坚定持久的科学管理信念，没有战胜一切困难为把工厂建设成为与国际接轨的现代化企业的坚强决心和意志，那么，现场管理混乱无序，这个工作状态如果不立即改变，我很担心伊朗德黑兰217辆地下铁道电动客车和56辆双层电动客车、发电车合同，产品质量和交货期是否能够得到保证？

5.全厂中干列会情景：

马树坤：铁道部长傅志寰同志的严厉批评，给我敲响了警钟、真心诚意接受……权利就是责任，责任就是要担当，忠诚而又负责任的担当是我们工厂对党员领导干部的政治标准起码要求，充分体现了党员领导干部的担当精神。

今天我要讲建立“问责”制度。问责是全面从严依法治厂的利器！坚持问题导向，紧紧围绕全面从严依法治厂，落实各级领导岗位工作责任制，认真地展开问责。对于失职、失责造成严重后果，职工群众反映强烈的损害工厂产品质量、信誉和经济利益的行为，都要严肃追究责任，既要追究主体责任、监督责任，又要追究领导责任。要把责任落实到基层单位，认真落实各级领导岗位责任制，分解到各部门，释放有责必问，问责必严的强烈信号……

问责是全面从严依法治厂的重要制度，制度的生命在于执行。全面从严依法治厂，推进标本兼治，最根本的就在于各级领导干部要把责任担当起来，把自己摆进去，联系实际，敢于较真碰硬，层层传导压力，让失责必问成为常态，要紧紧地围绕产品质量工作岗位责任制，强化问责力度，倒逼责任落实，确保工厂产品质量、产品开发创新工作的顺利进行……

6.一个星期后，铁道部长傅志寰陪同国务院副总理邹家华来到长客生产现场视察感到很满意！临走前来到工厂会议室座谈时问：工厂现场管理为什么会出现这么大变化？请说明提升的经验、理由？（原始镜头回放）马树坤说：由于工厂采取了“从严依法治厂”问责制度，有效推进、加大了包括“现场管理”在内的各项基础管理工作力度，同时制定了《工厂现场管理暂行办法》，使现场管理工作进入了法制化轨道，初步达到了预期效果。

傅志寰：什么是现场管理？什么是《工厂现场管理暂行办法》？

马树坤：什么是现场管理？这个……请严明同志回答：

严明（厂办调研室）：现代企业现场管理的起码标准应达到现场整洁，环境美观，管理井然有序；设备精良，现场空间利用非常充分，工位器具、原材料、在制品、产成品、待处理品分类清晰，标识鲜明。可概括为“环境整洁、纪律严明、物流有序、设备完好、信息准确、安全文明”。

7.要把现场管理纳入法制轨道。依据工厂生产经营工作实际，制定了《工厂现场管理暂行办法》，实行现场管理的评价与考核。以各专业归口管理为基础，从工厂生产经营管理的实际需要出发，贯彻依法治厂，综合规划、从严管理的原则，落实职能管理和各级岗位责任制，从实际出发，从现有条件做起，从日常工作抓起；以各专业归口管理的检查、考核、评价为主体，以ISO9000质量体系运行程序文件为主要内容，进行生产（工作）现场综合管理达标评价与考核。

要不断提高对“从严依法治厂”，推进现场管理重要性的认识。

抓好现场管理是企业实现科学管理和技术进步的自身要求。现场管理是工厂最基础的环节，是各项专业管理工作的出发点和落脚点。运用科学的综合管理方法优化现场管理，目的就在于保证产品质量、降低消耗、提高效率、建立良好的生产秩序，树立良好的企业形象。科学技术的进步，要求企业进行科学有效地管理，要求管理方式和方法与工厂经营发展相适应。铁路客车生产制造上质量、上档次、上水平，与国际标准接轨，要求现场管理必须现代化。只有科学技术现代化，没有相应的管理现代化，先进的技术和设备就不能充分发挥作用。

现场管理要长抓不懈。加强现场管理是企业实现“两个转变”的客观要求。从目前情况来说，为了实现经济体制和经济增长方式的根本性转变，由计划经济转向市场经济，由粗放型管理转向集约型管理，达到预期经济效益方针目标，都需要从现场管理入手，降低消耗、提高质量、提高效率、提高整体素质。然而，现场管理真正达到科学性、有效性也绝不是一件容易的事，只有凭借具备现代知识、现代意识的人，才能实现科学管理，才能卓有成效地落实现场管理达标，完成产品制造上质量、上档次、上水平，早日缩短与国际技术标准和管理标准的差距，进而实现建设国际级现代化企业的神圣使命。

8.铁道部长傅志寰指示：以长客《工厂现场管理暂行办法》为样本，由中国铁路机车车辆工业总公司组织制定实施《铁路机车车辆工业企业现场管理考核评定实施细则》。

（工厂中干例会）厂长马树坤说：今年是我们国家发展史上非常重要的一年，也是我们工厂历史上不平凡的一年。在香港回归祖国和党的十五大精神鼓舞下，全厂职工解放思想开拓进取，深化改革强化管理，积极推进工厂管理体制和经济增长方式的根本性转变，工厂的生产经营和各项工作都取得了显著成绩，实现了两个文明建设的双丰收。但是由于最近铁道部大幅削减了机车车辆购置费，新造客车任务大幅度减少，形势也最为严峻。这几年铁路客车市场形势一直看好，兄弟工厂都很羡慕。没想到今年的客车市场突然冷下来了。市场经济就是这样，可谓“天无百日晴，花无百日红”啊！有的同志不解地问：怎么产量会下来这么多？这种形势是暂时的呢？还是长期的？在刚刚召开的全路领导干部会议上，铁道部党组书记傅志寰部长做了工作报告。报告的题目就是：《抓住新机遇，打好攻坚战，开创铁路改革与发展的新局面》，抓改革促发展可以说是“工作报告”的主旋律。改革的主攻目标是什么呢？突出抓好三件大事：政企分开，减员增效，扭亏为盈，三年实现目标。这三件大事构成了铁路改革的攻坚战。三件大事相互关联：政企分开是前提，减员增效是途径，扭亏为盈是目标。一是必须解放思想更新观念，走出“误区”才能推进减员增效的战略实施；二是实施再就业工程，努力做好下岗职工的安置工作；三是抓住有利时机，搞好职工培训工作。过去由于工厂任务饱满，职工培训工作只能见缝插针，现在有了一些空余时间，这正是我们强化职工技术业务培训的好时机。同时面对下岗分流，竞争上岗的大环境，职工参加培训的自觉性和紧迫性也会增加，这些都是做好职工培训工作的有利条件，各单位都要努力利用好时机抓紧落实。

第十六章　从严依法治厂，建设国际级现代化企业（1997年）

1.董晓峰（副厂长）：目前，我厂正处于改革、建设和发展的关键时期，“九五”期间铁路大发展的形势和铁道部“择优扶强”的政策，为我厂提供了难得的历史性发展机遇。面对这种新形势，马树坤厂长在十二届九次职工代表大会工作报告中提出了《抓住历史机遇，推进两个转变，为把工厂建设成为国际级现代化企业而奋斗》跨世纪的伟大创业目标，这极大地鼓舞了全厂职工。如何把这项战略目标的具体工作任务落到实处？进而实现“从严治本，基础取胜”的战略管理思想，关键在于强化领导与职工的现代意识，从严依法治厂，推进基础管理；坚持以产品开发为龙头，大力实施科技兴厂战略！（预防及时消除了烟头火险？我们为什么在这里？弧线图是什么？）

2.马树坤高兴地对周学才说：问责是全面从严依法治厂的利器啊！“强化现代意识，推进基础管理”，坚持不断发展创新工作；加强各级领导干部绩效考核，工厂综合治理办公室肩负着重要责任！要从制度和作风建设入手，从严依法治厂，推进创新工作。佩服你的担当啊！学才同志，您是工厂老领导了，有件事你真的干得很漂亮，“禁烟控烟”从严治理，全厂广大职工都很满意，大家很感谢您！

周学才（工厂综合治理办公室主任）：“禁烟控烟”阻力不小，难度很大，我只是按照“把工厂建成国际级现代化企业”指示来要求，实施“从严依法治厂，推进现场管理”采取的一个步骤。国际友人提出了意见和建议啊！我已经安排制作了挂在工厂正门“禁烟工厂”的牌匾为（中、英文），以及正在统一制作工厂各基层单位名称的牌匾也为（中、英文）。借鉴了三宝塑钢公司进行综合治理的经验，严明纪律加强综合治理、实行“禁烟工厂”的好处确实很多！

从严依法治厂主要是靠加强制度建设，必须制定铁的纪律彻底消除烟头火险隐患，实现安全文明生产的目标就一定能够实现。落实岗位责任加强制度建设，在工厂发展过程中发挥了重要作用，大家是在用领导干部的实际行动，为全厂职工带个头儿：表明我们一不怕苦二不怕死，表明我们建设发展工厂的意志和决心！

3.厂办主任马文秀通知：党委书记汪枯泰明天早晨8点，在二楼小会议室听取“为把工厂建设成为国际级现代化企业”研讨会，请准备主旨发言：张万久、韩凤武、严明、吕天来等。

严明：通过调研，并借鉴国内外先进企业经营管理的成功经验，就如何“为把工厂建设成为国际级现代化企业”谈几点认识。

4.国际级现代企业的基本特征：“国际级现代化企业”应是凭借这个企业的资源能力和管理能力，能够生产出达到具有世界同类企业相同档次、相同水平的产品，能够与世界上同类企业进行国际市场的竞争并获取了利益。具体应包括：一是重视技术革新和技术改造，实现了技术装备的现代化。二是拥有雄厚的科技人员队伍和卓越的外向型的经营管理人才，企业整体素质高。三是市场应变能力强，高起点、高标准地加速了产品的更新换代。四是参与国际市场竞争有成效。五是具有现代企业扎实的管理基础和卓有成效的管理能力，实现了企业科技管理的现代化。

5.企业的基础管理工作，是为实现企业经营目标和管理职能提供依据、准则、手段和条件的前提性工作。企业对基础管理工作现代化的重视能度，反映了企业的发展水平和成熟程度。随着市场经济的发展，管理出质量、出效益已经成为人们的共识。厂属各基层单位领导者的管理意识、管理素质和对基础管理工作现代化的重视程度，直接影响着工厂一个方面的管理素质和管理效果，直接影响着我厂早日与国际铁路客车设计质量和制造质量接轨，以及“为把工厂建设成为国际级现代化企业”的实际运作。因而，狠抓以责任制为核心的规章制度、信息、定额、标准化、技术培训和班组管理、现场管理等项企业基础管理工作，是当务之急。

6.吕义：夯实基础管理是企业实现科技进步的自身要求。就目前我厂面临的形势任务而言，加大企业基础管理工作力度显得尤为重要。科学技术的进步，要求企业进行科学有效的管理，要求管理的方式和方法与市场经济相适应。工业发达国家把先进的技术和先进的管理，比喻为推动现代企业经济高速发展的两个轮子，两者相互依存、同步运转、缺一不可。我国铁路客车产品制造上质量、上档次、上水平，与国际标准接轨，要求企业管理必须现代化。只有科学技术的现代化，没有相应的管理现代化，先进的技术和设备就不能充分发挥作用。

依靠技术管理进步，促进基础管理工作全面达标。一是围绕提高产品质量、完善经营管理、实现安全文明生产献计献策。二是强化成本控制，模拟市场核算，开源节流，堵塞漏洞，降低能耗、物耗。三是坚持小改小革，深入挖潜。四是抓好设计工艺技术管理，确保产品质量全优。五是做到班组管理数据化，基础管理规范化，民主管理制度化，思想政治工作情感化，现场管理标准化，产品质量全程化。

7.张立清：强化约束激励机制，确保全员全方位达标。长期生产经营管理实践使我们深刻认识到，只有把着眼点放在健全、完善和不折不扣地执行各种管理制度上，才能从根本上保证实现全面达标。一是实现脱产与业余培训相结合；二是提倡自学岗位成材；三是在技术和管理上创新的给予提级、升薪等奖励；四是把车间（处室）办成既出优质产品，又出优质人才的基地。充分调动广大职工积极性，挖掘企业潜力，提高劳动效率，节缩开支，消除无效劳动和浪费等方面入手，千方百计积累财富，发挥我厂在国民经济中应有的支柱作用。

8.抓出成效的关键是领导重视。多年来的实践告诉我们，企业管理的基础工作是一项十分艰苦、细致的工作，一是必须从领导做起，抓认识，抓决策、抓自身；二是必须从严管起，制度全、标准高、考核严；三是从小处抓起，从小事入手、从细微抓起，从典型做起。抓一阵子不行，必须是抓住不放，一抓到底。这不仅要求领导者出智慧、出韬略、出思想，而且要求领导者出体力、流汗水、见行动。只有这样做，才能实现“从严治本，基础取胜”的战略管理思想，“为把工厂建设成为国际级现代化企业”跨世纪的伟大创业目标，提供可靠的基础工作保证。

9.余卫平（长客副厂长）：生产现场管理巡礼……时下时兴走动管理，我下现场走动，感触驳深；请杨洋同志现场记下，摄下这些珍贵的历史镜头，报送《企管文摘》《长客科技》发表：

一、总装分厂进行了一场“革命”。

张桐林（总装分厂长）：生产新型准高速电动客车，采用了许多国际先进技术和材料，给生产组装带来了相当难度。由于实施现场目标管理：一是清理了工装腻棱子，二是建成了标准库房，三是改造了旧跳板，四是规范了工具箱管理，五是对地面进行了改造，改善了现场环境及作业条件。自第一台高速轨道电动客车钢结构进入装配现场以来，广大职工努力克服新品种带来的层层困难，坚持每一个环节，每一道工序都严格按照工艺要求施工。取得了显著成效。

二、转向架分厂加强制度建设创新现场管理结硕果。

王润（转向架分厂长）：转向架分厂狠抓日常管理，通过选配好班组长、强化职工教育技能培训，制订并执行简明的民主管理制度；通过完善班组管理工作，改善“职工小家”环境等手段，加强班组建设；充分发挥班组职能作用，通过班组落实现场管理工作标准达标。使工序操作者变被动的“要我干”，为主动的“我要干”，自觉地严格执行制度，使班组现场管理不断深化。

三、轮轴车间坚持每天班前列队讲话制度。

王献红（轮轴车间主任）：轮轴车间强化自主管理实行生产班组坚持每天班前列队讲话制度。有着“军事化班前站会第一班”之称的轴承班，一直坚持着他们的做法。每天早晨八点上班前，提前五分钟：班组成员准时列队，由生产班长总结前班生产工作情况，同时安排本班生产工作任务，并提出安全生产及工作注意事项。全班人员努力做到“一手精，难不倒；一口清，问不倒”。为了攻克车轴热轴这个关系到行车安全的重大质量问题，成立了专门的QC小组，认真查找问题产生的根源，研究对策，同时提出以自检、互检、专检为主要内容的轮对组装操作法。该项质量攻关成果被中国质量协会、中华全国总工会、共青团中央、中国科学技术协会命名为全国优秀质量QC小组成果。具有军事化特点的班前列队讲话制度，不仅增强了班组的团队精神，也培养了组员严谨的工作作风，取得了良好效果。轴承班成功的做法，在多家媒体上刊登、发表，并被写进《中国当代决策之翠理论与实践》丛书，被中华全国总工会授予“模范班组”称号，保持了共青团中央、铁道部联合授予的“全国青年文明号”的殊荣。

四、铸钢车间加强现场管理提高产品质量。

李刚船（铸钢车间主任）：铸钢车间进一步改善工序作业环境，安全生产、工装管理再上新台阶；铸钢车间开展“百台构架无废品”“百台钢水无废品”活动以来，对降低物耗、提高产品质量、提高职工现场管理意识和“两个文明”建设，收到了明显成效。

五、地装车间积极推进现场“目标管理”改善活动成效显著。

陈效敏（地装车间主任）：按照工厂的安排春运期间回访用户，分别去了上海、广州几个路局去做市场调查，回来后感触很深；以质量求生存，以信誉求发展……积极推进现场“目标管理”，做到突击治理与日常巩固相结合；实施目标管理，集中精力组织现场管理的改善活动，解决一些带有根本性、普遍性的问题，力求在较短的时间里，使现场管理的各项基础工作再上一个新台阶。

六、修车分厂优化现场工序作业“向现场管理要效益”。

马宏光（修车分厂副厂长）：现场管理首先要树立以提高经济效益为中心的思想。我们讲“向管理要效益”当然包括向现场管理要效益。生产工序作业实施各种要素的有效组合，以及生产活动的正常运作，都需要通过现场管理来实现。现场管理混乱就很难保证生产出高质量高档次的产品。在目前情况下，只有咬住重点难点，确保现场管理达标，才能有利于提高产品质量，工作效率和经济效益。

第十七章　进行“第二次创业”、建设国际级现代化企业（1998年）

汪枯泰（工厂党委书记）：目前，机车车辆工业企业正处在改革发展的关键时期，铁路机车车辆提速（上质量、上档次、上水平），意味着新的一轮竞争已经开始，为发展民族工业，营造企业竞争优势，参与国际市场竞争，提供了极为有利的契机和发展机遇。为此，工厂提出了“进行第二次创业”——第一次创业的回顾。

我们成功地完成了第一次创业。建国初期开始的第一次创业，我们工厂走出了一条极其艰难而又曲折的辉煌之路。工厂经过了筹建（1954年至1962年）、成长（1963年至1986年）和发展（1987年至1996年）三个阶段。老一辈长客人自力更生、艰苦奋斗，建设发展工厂；凭借强烈的创业意识和具有凝聚力、感召力的企业精神，发扬党的“三大作风”，继承光荣传统，依靠一支“敢于迎难直上，奋力拼搏，团结求实，改革创新”的职工队伍，创造了骄人的业绩和辉煌。工厂现已发展成为目前世界上最大的专用铁路客车制造厂和国内唯一的批量地铁电动客车生产基地，这是几代长客人的骄傲。

（画外音，原始镜头回放）回顾第一次创业，其主要特点是：

1.坚持高起点、高标准建厂。我厂是国家第一个五年计划重点建设项目之一，建厂时借鉴了国内外许多有益的经验，经过充分论证，采取当时国际上较为先进的客车生产方法；在设备配置、生产工艺、设计工作中，一开始就尽可能多采用一些先进的技术装备和工艺方法，以期建成后，工厂的生产技术水准有较高的起点，缩短了与发达国家客车生产技术的距离。现在看来，“不盲目行事，坚持科学态度”是完全正确和必要的。

2.坚持正确的建厂方针，注重环境保护，创建“花园式工厂”。建国初期，老一辈长客人在日伪时期日军遗留下来的飞机场旧址（残杀中国人的屠场）、臭水塘、沼泽地上建设工厂，于1957年开始土建施工，一边土建，一边开始安装设备和着手生产准备。1959年春、秋，先后试制出第一辆货车和客车，不到三年时间，建起了面积达11万平方米的厂房，完成了试生产，在较短的时间内形成了生产能力，这为我们度过困难时期和工厂后来的发展创造了极为有利的条件（厂区道路、绿化、住宅建设，形成了一道亮丽的风景线）。20世纪80年代中期，工厂利用世界银行贷款资金进行改扩建，引进了三辆样车开阔了视野，培训了骨干，使生产技术和产品档次与国际接轨上了一个台阶，为以后生产K25新型空调电动客车，形成批量生产能力和实现我国铁路客车改型换代奠定了基础。

3.远见卓识，较早开发地铁市场，使铁路客车生产技术、档次、质量上了新水平。地下铁道电动客车是我国机车车辆生产中的一项技术含量较高的产品，技术复杂，其复杂程度及艰巨性远远超过铁路客车，但发展前景看好。工厂早在20世纪60年代中期，就开始研究生产制造地铁客车，当时是在一无图纸，二无样机，又缺乏生产动力车方面的技术人员和设备，并受到国外所有国家技术封锁的情况下进行的，生产制造出的地铁客车除了供北京地铁使用外，还出口国外，工厂成为我国地铁客车的摇篮；不仅为国家争了光，也为工厂增加了经济效益并赢得了荣誉，更重要的是通过地铁车的生产，为促进新技术、新产品的开发创造了条件。

4.坚持以人为本，建设企业文化，培育企业精神。使我们不能忘记的是建厂初期，在国家决定一些工厂下马的时候，工厂提出自力更生，边基建边生产，把工厂保存了下来，显示出强烈的创业意识和创新精神。20世纪60年代初期提炼出“迎难直上，奋力拼搏，团结求实，改革创新”的企业精神。20世纪80年代中期，工厂结合上产量，又提炼出“顾全大局、艰苦奋斗、团结协作、讲求实效”的“910”精神，并形成了顾全大局的企业价值观。20世纪90年代，形成发展了代表长客人暂新精神风貌和行为规范的“精业精品、追求卓越”的企业精神和“管理求严、工作求细、产品求精、作风求实”的长客厂风。企业文化建设为工厂的发展提供了精神动力。

5.坚持不断发展。第一次创业时期，在计划经济体制下，依靠国家政策和自身力量，建设和装备起工厂，承担了国家急需的造车和修车任务；完成了设计、试制和批量生产国家急需的地铁车辆的任务，结束了铁路客车30年一贯制，由批量生产K22型普通客车，到批量生产K25改型空调电动客车，以及双层电动客车、准高速电动车组、发电车，形成了成列供车能力，缩短了与国际同行业的差距，为我国铁路客车提速、产品改型换代奠定了基础。

汪枯泰（工厂党委书记）：进行第二次创业的动机。（画外音）

工厂进行“第二次创业”，一是生存的需要，二是发展的需要。如果说从1996年1月1日起，按照中车公司的要求，我厂对铁道部实行“资产经营”，标志着我厂由计划经济进入市场经济“过渡时期”，那么，从现在开始，我们工厂进入了一个新的历史发展时期，即开始告别计划经济，步入市场经济，是具有划时代意义第二次创业的历史时期。

1.提高产品质量，增加经济效益。我们正处在经济多元化和国际化的时代，各级经营管理者将面临更大的竞争压力和考验。市场经济要求企业科学管理，实行多元化经营，培育新的经济增长点；更重要的是按照市场规律发展，紧跟市场激烈竞争，形成自己新的利润增长点。只有全厂职工同心协力，坚持不懈地进行艰苦创业，才能有希望在未来的市场竞争中获取最大的经济利益。

2.发展是硬道理，只有发展，才能生存。目前，我厂由计划经济向市场经济过渡，正处在改革发展的历史关键时期。过去的计划经济有“铁饭碗”，可以“靠天吃饭”，而市场经济是靠自己找市场，未来的市场变化莫测，不是以人的意志为转移的。工厂面临严峻的市场竞争挑战的同时，也具有难得的历史性发展机遇，企业只有不断发展，才能立于不败之地。

3.工厂面临严峻的改革和经济形势，不改革就没有出路。计划经济体制下，工厂只抓生产任务这项“硬”指标，劳动力由国家配置，内部用工和分配制度由国家控制，原材料由国家调拨，厂房设备由国家投资，生产由国家下计划，产品由国家包销，长期以来使企业养成

“等、靠、要”的思想，这种机制不改变，企业很难在市场经济条件下生存下去，这就迫使企业必须解放思想，转变观念，进行改革。

4.工厂经营机制、管理体制、人员素质上存在着许多不适应。由于改革力度加大和铁路客车市场的变化，使工厂经营管理困难加剧，工作难度加大，需要引导职工认清形势，更新观念；企业人浮于事，效率不高，成本增加，使企业缺乏市场竞争力，需要减员增效；职工队伍整体素质不高，尤其是重要的关键岗位人员需要加强培训，同时也要建立约束激励机制，促使职工爱岗敬业，“干精品活，出精品车”。

5.工厂发展的出路在市场，需要培育适应市场经济发展的经营管理体系。科学管理是企业生存和发展的根本保证。从企业的实际出发，以市场为导向，不断更新管理和方法，建立完善的行之有效的经营管理机制，使企业管理适应自身生存与发展的要求，为企业带来最大的经济效益。按照市场经济要求，发展多元经营，加强市场营销和价格体系建设，制定适合工厂发展的营销策略，为工厂参与市场竞争及时提供准确的价格依据；大力开拓市场强化市场营销网络建设，实行区域市场负责制，多层次、多渠道的加强与用户的联系，沟通信息，掌握需求；重视地方铁路和配件市场，努力拓展经营空间。一切符合“三个有利于”标准的制度，都可以在第二次创业中大胆地去探索。

6.当前国家大力推行社会主义市场经济体系，工厂发展面临严峻考验和新的转折。我们应站在长远和全局的高度，坚持以企业发展的战略为导向，明确方向与目标；坚持以改革为动力，转换管理体制和经营机制；坚持以产品开发为龙头，大力实施科技兴厂战略；坚持以队伍建设为保证，建设培养高素质的职工队伍，为企业发展提供精神动力和组织保证。

马树坤（厂长）：——进行第二次创业的途径。

从建国初期开始的第一次创业，我们工厂经历了42年艰难发展历程，老一辈长客人在一张白纸上，用辛勤劳动的汗水和智慧，描绘出我们今天的宏伟蓝图，创造了骄人的业绩与辉煌；那么，经历了两年多市场经济的洗礼和切身感受，我们在进行“第二次创业”、建设国际级现代化企业时，感到任重道远、充满信心。

1.开好头，起好步，打好基础。1998年是我厂实行资产经营运作、建立现代企业制度的关键年，只要我们解放思想、转变观念，认真落实各级领导岗位责任制，坚持绩效考核、精细管理，从作风建设入手，做深、做细、做实，继续保持反腐败高压态势；用联系、均衡、务实的眼光看待“从严依法治厂，推进基础管理”工作的重要性。我们的各级领导干部要有清醒的认识和思想准备，以身作则努力工作，坚持以产品开发为龙头，大力实施科技兴厂战略；研究开发市场深化改革，优化产业结构，促进多元经营，抓好两个文明建设，开好头，起好步，“第二次创业”目标就一定会实现。

2.研究市场，以市场为导向，加大经营开发力度。一是应具有超前意识，在确保铁路客车主业基础上，以市场来确立发展方向，走高技术附加值的路子，开发新技术、新产品，创长客品牌。二是深入研究市场，善于捕捉信息，积极参与市场竞争加快产品开发，培育新的经济增长点（城市轨道交通车辆和地下铁道电动客车品质优良，前景广阔市场迅猛扩展，应继续保持这种强劲势头）。三是从实际出发拓宽思路、搞活营销，增强对市场适应能力。同时，对目前已经较为成熟的市场，要倍加珍惜和爱护，以质量和信誉保住来之不易的市场成果，牢固树立起长客“精品名牌”意识。

3.解放思想转变观念，一切工作的出发点和落脚点都要以市场来定位。适应市场经济，掌握企业命运，在未来激烈竞争中处于主动地位。要把转变观念放在各项工作的首位，更新发展思路，增强创新意识，改变计划经济体制下形成的与当前工作不相适应的常规陋习，树立市场新观念，按市场规律办事；形成求真务实、善于学习的风气，研究新情况，提高分析和解决问题的能力；学习借鉴国内外先进企业的管理方法和经验，拓宽视野，提高管理水平；把企业改革的难点、生产经营的重点、职工心中的疑点和普遍关心的热点，作为工作的切入点，加大工作力度主动消化解决矛盾，广泛利用现有条件进行下岗再就业培训；建设有长客特色的企业文化，开展企业形象设计、职业道德教育；彻底抛弃在计划经济条件下形成的“等、靠、要”思想，树立自强、自立、主动闯市场的竞争意识。

4.充分发挥国有资本优势，建立符合市场经济要求的经营机制。加强规范运作，实施规模经营，推进制度创新，实现战略性改组，建立现代企业制度；优化流通结构，完善市场体系，主动实施产品创新驱动发展战略，形成以铁路客车产品市场为主体，以高速轨道电动客车国际高端产品开发为龙头，以服务国际化和管理现代化为标志开放式多元经济体系，促进生产要素合理流动和资源的有效配置；积极推进以财务、物资管理和住房制度改革为主要内容的配套改革。住房制度改革的成功，使全厂职工第一次真正意义上有了自己的产权住房！这是新中国广大劳动人民几代人梦寐以求的梦想变成了现实，体现出职工群众主人翁地位，展示了社会主义制度的优越性！

5.认真落实资产经营责任制。优化制定工厂长远规划和年度发展目标，实行严格的层层负责制，建立有效机制，使层层感到有压力；实现工效挂钩、质量工资、成本否决，逐步创立适应市场经济需要的内部管理体制，做到基础工作和基数、指标核定，通过层层分解落实指标和严格管理，形成压力风险传递机制；围绕实施资产经营，加强基础管理与专业管理的综合协调，注重各部门管理职能发挥的考核监督；精打细算，增收节支，以资产经营为中心加强成本考核，严格执行成本否决；以产品质量争取市场，扩大市场份额，降低售后服务成本，获取最大经济效益。

6.建立和完善领导干部的约束激励机制。企业管理发展方向确定以后，干部就是决定的因素；破除工作岗位分为高低贵贱的观念，“领导能下海，群众就能擒龙”。完善干部能上能下机制，建立与市场经济发展相适应的干部管理体制，强化职能管理、竞争上岗机制，做到“事事有人管，人人负责任”，促使领导干部深入基层，服务基层，求真务实，雷厉风行，注重实效，胜任本职工作。尤其是在目前非常时期，更需要有强烈的责任感进行创造性工作。

7.充分发挥决策中心、投资中心、利润中心作用。实施开放带动战略，加速与国际经济接轨；充分利用两种资源，开拓两个市场，多渠道、大规模、高质量地开发运用国有资本，适度引进和利用外来资金，搞好项目评估工作。加大考核力度，做到新上投资项目一定要讲回报率；按照国际标准和国际通行方式从事生产组织开发经营，提高经济外向度，进一步推动对外开放，确立“一业为主，多项开发”的经营战略，建立最佳经济结构、效益目标体系，实现与国际惯例接轨。

8.20世纪末21世纪初主产品创业目标：

一是已经在线试运行的时速160公里铁路轨道客车准高速电动车组，由“成长期”进入“成熟期”；开发试制时速270公里、350公里以上高速铁路轨道客车电动车组列车。

二是开发出铝合金、不锈钢客车高速技术（包括有效利用铁道部择优扶强的3亿元贷款资金）；vvvf地铁电动客车技术成熟起来，并投入使用形成批量生产能力。

三是推进国际化合作的开发战略。以引进世界高速铁路轨道客车电动车组高端产品技术，加快实施消化吸收再创新工程，为实现我国高速铁路轨道客车电动车组高端产品自主产权国产化，打下坚实基础；不断提升国际高端产品科技创新能力，推进工厂科技管理进步，加速开发研制具有自主知识产权，高速轨道客车电动车组技术、接轨世界高速铁路高端新型轨道电动客车动车组列车，并尽快形成批量生产能力。

董晓峰（副厂长）：——第二次创业的内涵：

如果说第一次创业主要是“硬件”建设，是“量”的扩张；那么第二次创业主要应是“软件”管理，是“质”的提高。一是市场经济条件下，以产品市场为导向，走内涵扩大再生产，高品牌、高质量、高技术附加值的路子，增强市场竞争和抗风险能力，创立发展多元经济的新格局。二是研究市场，开发新技术，高科技附加值产品，充分利用我厂人才资源和设备优势，努力寻找培育新的经济增长点，逐步扩大国际、国内两个市场的产品份额。三是管理标准和技术标准要与国际惯例接轨，最大限度地降低成本费用，实现科技创新、制度创新、管理创新；自我约束、自主管理、自我发展，使工厂的现场管理达到《中国铁路机车车辆工业企业现场管理考核评定实施细则》一级标准的要求。四是进一步发扬“精业精品，追求卓越”的企业精神和“管理求严、工作求细、产品求精、作风求实”的长客厂风，以党员领导干部的人格力量影响和带动、提高职工队伍的整体素质，塑造企业形象，创“长客品牌”。五是“远谋近求”，以建立现代企业制度为目标，以质量成本管理为中心，优化资本运营，把工厂发展成为利润中心、投资中心、决策管理中心，建成国际级现代化企业。具体应包括以下几个方面的内容：

1.第二次创业的基本思路是：加速轨道客车高速电动车组列车的科技开发，依法严细管理，发展民族工业，创“CCC”精品名牌，立足巩固国内行业优势，加快追赶世界先进水平；以社会需求和市场需要为导向，以高科技附加值的产业为目标，以生产伊朗地铁和双层电动客车为契机，扩大出口贸易和劳务输出，拓宽领域，发展实业，壮大骨干企业，实现规模经营，扩大市场份额，在探索公有制为主体实现形式多样化同时，精干主体、加速下岗再就业工程健康成长，促进多种经济成分共同发展，真正形成多元化经济发展格局。

2.实施产品、人才和企业发展形象战略。重点是提高人的素质，提高产品质量，降低消耗，增加效益，达到产品质量“用户信得过”，产品价格有竞争力，产品按时交货，售后服务“用户满意”；走制度创新、管理创新、技术创新，实行资本运营、集约经营，形成产业多元化、资本多元化、经营国际化的路子。

3.优化资本结构，发展多元经营。产业结构上，集经、多经基本上改变目前严重依附主业的状况，发展成为有前途、有效益、技术附加值高的骨干企业，规模经营的框架基本形成，使目前多经企业分散、低效，甚至亏损的状况得到根本改变。加强市场营销，发挥整体优势，提高竞争能力；以现有售后服务处为基地，形成营销网络，提高售后服务的质量；大力发展出口贸易，促进企业向外向型转化。

4.积累优势、创造优势、增强实力。外抓市场，内抓改革、抓管理，落实资产经营责任制；在管理体制上，一级抓一级，层层落实责任，使企业经营机制得到转换，约束机制得到加强，管理粗放基本扭转，集约经营收到实效，资本运营走出路子。

5.在用人机制上采用“竞争上岗”“效益标准”。造就一支适应市场经济的懂经营、善管理、素质高的骨干队伍，优化资本运营，形成“精品、效益”型发展格局；充分发挥各级管理者和职工的积极性、创造性，从体制上创造依法治厂、从严管理的环境和条件，以有效、适用的制度规范人的行为，做到“事事有人管，人人负责任”。

6.搞好资产经营，发展深度加工，实现高速增长。搞好资本运营，通过多种渠道、多种方式引进资金，充分发挥自身优势；通过资产重组的方式，充分利用现有资产和技术基础，以优质、高效、降低成本为目标，鼓励技术革新和技术改造，推动科技进步；实现低成本扩张，大力发展深加工产品，在跨世纪的发展规划中，加快改革步伐，实现经济增长方式的根本转变。

7.树立品牌意识，创最佳信誉，加大依法治厂的力度。按照ISO9000质量体系标准严格考核，精细管理，规范运作，提高质量管理有效性，创“CCC”长客品牌最佳信誉，创最佳工作效率经济效益。

第十八章　开展第二次创业——建设国际级现代化企业（1999年末）

1.（工厂会议室中干例会）厂长马树坤激情地说：我们今天是要提倡朴素与切实的工作作风。我们要反对那些讲大话，订大计划，而不肯或不会脚踏实地切实工作的空谈家。

我们提倡朴素与切实工作的作风，朴素就是有什么讲什么，就是老老实实，就是真实的意思。什么叫切实呢？切实，就是说我们要主动积极地工作，我们工作要适合于实际；我们要在切实点滴工作中，来实现我们工厂目前正在开展的“第二次创业”、建设国际级现代化企业的伟大创业目标，为实现我们崇高远大的理想脚踏实地努力工作。

“强化现代意识，推进基础管理”“工欲善其事，必先利其器”，说得很准确，也很恰当，很好啊！用这个典故来比喻形容，目前我们工厂正在开展的“第二次创业”、建设国际级现代化企业进程中，我们各级领导干部一定要有长远发展的眼光和大局意识，为抓紧实施高速铁路客车高端产品研发制造“提高产品质量，增加经济效益”，在一开始的时候，首先就要“利其器”；就是要把我们工厂固定资产的“家底”，把我们工厂现代化生产工装设备保护好，使用好……首先各单位和部门领导要根据本单位的工作实际，要切实做到从制度建设入手，加强科学管理，推进工作创新，为工厂建设发展做出新贡献！

汪枯泰：目前机车车辆企业正处于改革发展的关键时期，铁路机车车辆提速（上质量、上档次、上水平），意味着新的一轮竞争已经开始，为发展民族工业，营造企业竞争优势，参与国际市场的竞争，提供了极为有利的契机和发展机遇。我们需要从严依法治厂推进科技管理的大局出发，开好头，起好步，打好基础！刚才，张维刚和富金栋同志先后介绍了“九五”期间工厂设备管理的状况，对设备处在工厂开展“第二次创业”、建设国际级现代化企业进程中，主动适应市场经济发展要求，加强设备管理和推进科技创新的经验，做了很好的总结和交流，具有借鉴与参考价值。希望……

董晓峰：我们工厂被铁道部授予“1999年度设备管理优秀单位”称号，这是一个很了不起的进步，这也是我们近年来坚持“从严依法治厂，推进科技管理”“精业精品，追求卓越”取得的丰硕成果，这是设备处同志们的光荣，也是全厂职工的光荣！“榜样的力量是无穷的”！目前工厂生产经营已经进入历史发展的关键时期，到了我们兑现承诺的时候了，需要我们以设备处为榜样，从基础工作入手，注重科技创新，加大管理力度，为工厂产品开发和技术管理进步充分发挥基础保证作用；在工厂开展“第二次创业”、建设国际级现代化企业进程中努力奋斗再立新功！

张维刚：强化工厂设备系统管理。设备处在加强工厂设备管理与维修工作中，运用运筹学、系统分析等优化理论和方法，采用计算机等先进手段，对工厂设备管理工作进行计划、组织、协调和控制，适时收集生产过程中，所获得的有关数据资料，定期进行分析整理并做到及时反馈，以此来指导设备管理工作，形成了设备管理的有效运行机制，为工厂生产经营、产品开发提供了优质高效的生产装备。同时重视运用经济理论、原则和方法等手段来管理设备。一方面注重管理的科学性，采用各种科学方法对工厂设备系统管理全过程进行协调和组织；另一方面注重管理的社会性，更有效、更合理、更充分地发挥设备的经济效益，为工厂现代化建设做出了新贡献。主要做法：一是合理制定、不断完善了工厂有关设备经济管理机制和经济核算方法。二是根据客观经济规律，结合工厂目前和未来的设备运行情况和技术状态，在综合平衡的基础上，为工厂领导决策提供经营发展和战略目标的预测意见。三是科学制定设备技术发展改造规划，讲求科学管理方法，正确处理工厂内外纵向、横向的设备管理工作关系，使全厂形成了完善高效运转的设备管理网络系统。认真落实各级岗位责任制，建立了严格考核、全方位约束激励机制，健全的设备管理机构为工厂搞好设备管理工作提供了组织保证。

2.富金栋：采用新技术创造新成果。1998年末至1999年9月，先后完成了锻工天然气炉窑、铸钢天然气炉窑改造工程。锻工、铸钢天然气炉窑的改造成功，改善了锻工车间、铸钢分厂的生产作业环境，使原来每次点火浓烟滚滚，炉窑四处冒火，油污满地，冬季无法封闭的痼疾得到根治。改造后的天然气炉窑现代化水平较高，具有电动点火，可根据设计的程序自动调节温度，锻件和回火钢件预热加快，解决了焊接转向架一直外协，厂内无法解决的难题。既改善了作业环境，又提高了锻件和铸钢件的质量和使用效率，每年节省费用约389万元，最大限度地节省了能源，降低了费用支出，提高了炉窑精度和自动化程度，彻底改变了锻工和铸钢生产作业环境。

通过开展节能“四新技术”，1999年完成节能改造项目46项，共节电153.6万度，节煤4780吨，总计节约价值263.75万元。在环境改善和污水治理方面，完成了职工医院污水处理系统设备改造和工厂中水回用工程开发研制，并取得了良好的经济效益和社会效益。

于长文：1998年11月，工厂中水回用设备改造工程竣工并投入使用。（向国家检查组汇报）中水回用工程是将排放的废水，进行集中处理，重新投入使用，设计能力为污水处理能力6000吨/日，中水回用能力为3000吨/日。经过一年多时间的使用运行，回用水质达到了工业冷却循环水质要求和生活杂用水质标准。目前工厂总的中水使用量已达70万吨/年，日最高回用量3010吨，日平均回用量2500吨，为工厂每年节省费用323万元，可减免污水排放费30万元。中水回用工程的建成，不仅缓解了工厂用水紧张的状况，节省了资金，而且使工厂中西区污水基本达到零排放，被列为铁道部及长春市环保示范项目。1999年9月，完成了职工医院污水处理改造项目。职工医院原有污水处理系统是采用臭氧发生器，虽然灭菌效果好，但工艺复杂，需要用上万伏电极，运行中臭氧腐蚀严重，造成水处理工作间空气二次污染，而且成本高，污水处理每吨需8元多费用。设计选用二氧化录发生器，工艺简单，操作方便，运行稳定，效果良好，完全达标。改造后比原污水处理系统每年节约费用21万元。该工程得到长春市环保局认证，省内外多家大医院前来参观学习，取得了良好的经济效益和社会效益。

刘维良：设备重点投入。“九五”期间，工厂固定资产投入较大，主要生产设备逐步更新换代，现代化标准越来越高。由于铁路专业化生产特殊需要，有些设备在市场上买不到，主动承担了一些关键工序非标准设备的设计改造工作。1998年10月，在冲压分厂投入使用震锤成型机和800吨油压机等重点设备。震锤成型机为工厂生产新型地上高速电动车组头部成型发挥了关键作用。800吨油压机为车体焊接件直接热压成型，减少钢结构焊接工作量创造了有利条件。近年来，在车体分厂投入使用的侧墙点焊机、端墙点焊机、总组成焊机、悬臂自动跟踪焊机、铝合金高速龙门铣床等设备，使工厂具备了生产不锈钢车体和铝合金车体生产能力。仅1998年在机具分厂安装投产运行的箱式多用炉，每年为工厂减少200多万元外委件费用。

姜晓光：开发新技术。工厂提速车生产以来，设备处大胆采用粘接新技术，先后为铸钢分厂10吨电炉活塞、造型机钢体等拉伤，以及机具分厂摇臂钻床、地加车间T68镗床和转向架分厂X2125龙门铣床等多台设备的导轨研伤进行了修复。改变了以往需大面积加工导轨面，然后进行表面处理的传统做法，缩短了修理工期，解决了因导轨研伤制约工序生产的关键设备无法停下来进行大修的难题。既保证了设备使用质量，又为工序生产争取了宝贵的时间，为工厂节约了大量资金。今年3月份，设备处完成了电镀车间铝氧化线大修改造工程。由于电镀工序生产腐蚀性大，氧化槽中的水、酸、铬等元素长期腐蚀渗漏，造成污染和贵重原料流失。这次铝氧化线大修改造工艺编排采用了新材料，将铝氧化槽全部改换为聚丙烯材质，在原使用的基础上可延长使用寿命两倍以上，电镀铝氧化线使用寿命可达8至10年。

3.张欣：坚持“严、细、精、实”管理方针，提高设备维修服务质量。工厂现有大、精、关设备300余台，其中引进的设备及国产速控设备50余台，分布在冲压、车体、转向架、总装、机具分厂和地铁加工车间等几个主要生产单位，这些设备在新造客车生产中已占有举足轻重的地位。如水下等离子切割机、步冲机、加工中心、逢焊机、弯管机等大型设备，已发挥不可替代的作用。这些设备的正常运转是提高产品质量，保证工厂全面完成生产任务必须具备的条件。今年初，冲压分厂水下等离子切割机编程器损坏，设备维修中心采用国产新的编程，代替了原机的PC编程器，用磁盘输入机代替了原机纸带输入机，保证了设备正常运行，为工厂节省资金10余万元。加强设备管理主要是靠加强制度建设。坚持“点检”“巡检”“定检”制度，严格执行操作规程，按照“三好”“四会”“两定”“三包”的标准执行。一是降低设备闲置率，提高设备利用率，为工厂生产经营发展创造条件；二是在设备管理上创效益，对在用设备建立完善的管理制度，确保设备完好，保证产品精度，减少废品损失；三是加大设备技术改造力度，把更新改造的资金真正用于设备改造，大力推广节能高效的新设备，淘汰落后耗能老设备，争取最大经济效益。四是从加强设备现场管理入手，针对管理不到位的现象，控制风、水、电、汽的“跑、冒、滴、漏”现象，提高设备的使用质量和效率。

李智：针对工厂机械动力设备使用的具体情况，组织有关人员对惯性故障进行分析，力求从根本上解决问题，保证生产设备正常运转。首先提高维修人员的自身素质，努力缩短维修时间；加强设备巡检和现场管理，变被动维修为预防性维修；实行24小时跟班服务，无论炎热夏天还是寒冷冬天，维修人员都能随叫随到，只要发现设备故障立即抢修，不修好不离开岗位。冲压分厂抛丸线工作环境恶劣，多年使用故障率高，严重制约了生产进度，同时也很难保证产品质量。由于工作繁忙，始终无法停下来进行大修。利用春节期间厂房改造的时间空隙，抓紧对抛丸线进行大修，提供的部件全部是自制，即保证了大修计划的顺利完成，又为工厂节约了资金。

刘振：在设备修理维护方面，注重解决生产关键工序存在的突出问题。工厂早期引进的设备，如水下等离子切割机、步冲机、逢焊机、加工中心、抛丸线等，都使用10余年。其中多是三班连续运转，使这些设备出现不同程度的老化，加工精度降低、故障增多。引进设备是高技术应用的集合体，它采用了当今世界上的先进技术，具有效率高，使用灵活，加工精度高及质量可靠的特点，同时由于结构复杂，维修难度相应增大。由于生产任务紧，这些设备多是超负荷运转。出现故障时维修时间过长势必影响生产，要求在较短的时间内排除故障，这对维修人员的专业技能和责任心提出了更高的要求。在提速车生产会战期间，由于长时间满负荷运转，冲压分厂水下等离子切割机的等离子电源变压器烧毁、整流系统出现故障基本报废（德国引进设备）。设备处打破常规，大胆采用新技术，克服了各种困难排除整流系统的故障，同时也将变压器修复，既保证了提速车生产，又为工厂节约了50余万元资金。

鲁亚光：建设一支技术精、能力强、具有较高素质的专业维修队伍。工厂现有大型关键设备的技术含量较高，为了保证设备的正常运转，坚持高标准严要求，重视对引进设备专业维修人员技能培训。从完善操作规程和编程入手，加强对引进设备进行严细管理、规范操作，提高了引进设备使用质量。1998年从奥地利引进的焊接机械手工艺开发编程后，焊接出口伊朗地铁电动客车转向架、北京地铁转向架侧梁，国产客车209P转向架加强梁，CW－2转向架横梁，在实际生产中取得了很好的效果。焊接成型后美观漂亮，不用打磨，分别受到了伊朗商检人员和铁道部驻厂验收室的好评。

王巍：坚持设备重大问题和安全问题提前报告制度。为了及时掌握全厂设备安全情况，各单位在报送设备检查结果同时，报送经单位领导确认的前10项设备安全重大问题和解决措施，并形成了制度。重视机床的安全装置、辅助系统和安全监测系统的有效使用，把安全第一的思想贯穿在设备管理全过程。规范和健全各种规章制度，特别是压力容器和起重运输设备，分轻重缓急解决设备安全薄弱环节，及时消除故障隐患，全年未发生重大、特大事故。

彭飞：加强设备现场检查，合理使用设备。重视提高设备使用能力，着重解决生产流程和设备管理过程中的各种“瓶颈”问题。针对以往生产一忙“拼设备”、机台生产超负荷有时发生“精机粗用”的现象。重点维护生产工序使用时间长、已经老化的关键设备，主要生产设备设专人看护。工厂定期进行联合检查，针对问题限期整改，并进行曝光。一次发现警告，二次下达“整改通知书”，三次严格按规定扣罚。每月初，工厂召开“设备分析会”进行总结、讲评。重视主要设备大修、小修和定保工作，加强关键工序设备专业技术考核，“自我修炼，自我加压”不断提高维修能力和服务水平。

屈伟健：通过达标考核，充分调动了职工管好、用好、修好设备的积极性，提高了操作者爱护和维护设备的自觉性。全方位的设备管理约束激励机制收到了良好的效果，为工厂设备管理提供了措施保证。工厂实行设备专业技术人员分片管理制度以来，各分厂、车间都有设备专业技术人员负责管理，以强化监察，严细管理为原则，以设备保养、润滑、操作、交接、安全为主要内容，加大了设备现场管理考核力度，并取得了明显成效。

“工欲善其事，必先利其器。”目前，管理出质量、出效益已经成为共识，我们深感加强设备管理工作任重而道远。强化设备系统管理，注重合理选购、正确使用、精心维护、科学检修，严格执行设备管理工作制度与要求，使设备经常处于良好的技术状态，才能为工厂产品开发和技术进步提供优质高效的技术装备支持。加强基础管理，推进科技创新，为把工厂建设成为国际级现代化企业而努力奋斗！

第十九章　接轨世界，牵引未来（2003年至2015年）

2003年长春客车厂改制为：中车长春轨道客车股份有限公司。

1.董晓峰（中车长客股份公司董事长兼党委书记）：

——向技术创新、科学管理要效益，加快技术标准和管理标准与国际接轨见成效。我们成功获得并完成了217辆伊朗德黑兰地铁电动客车和56辆双层电动客车项目的车辆订单和制造任务，开启了走出国门，在更广阔的国际舞台上参与竞争的历程。由于现场管理改善，合理的价格、完善的技术、良好的服务，伊朗专家代表又与我厂先后两次签订372辆地铁项目的车辆订单，不断从长客获得更先进、适用的新型地铁客车。最近工厂又取得了向澳大利亚出口626辆双层不锈钢电动客车订单，实现了向发达国家出口轨道客车产品历史性突破！

在完全消化吸收引进技术，全面提升自主创新能力的基础上，在产品出口的同时，附带转让技术，先后向伊朗、斯里兰卡等国家输出产品研制技术，以技术出资方式，在伊朗建立了中伊轨道交通装备制造合资企业，实现了从技术引进到技术输出的跨越。

刘景芳（中车长客股份公司副总经理）：由于工厂在20世纪60年代中期较早成功开发地铁电动客车市场，使铁路客车生产技术、档次、质量上了新水平，为提速车的研制生产创造了条件。在地铁电动客车已经进入“成熟期”基础上，20世纪90年代中期工厂已经研制完成了时速160、270公里高速电动车组列车并在线试运行；同时组织有关专家和生产动力车方面的技术人员，进行质量的提升、调研分析和研制开发工作。这段时间公司已经与国际高速铁路轨道客车制造厂家、成功运营成熟的高速铁路电动车组列车的先进国家，进行了技术交流与合作项目取得了初步成功；为准备生产制造时速250、350公里的高速轨道车辆电动车组，为促进新技术、新产品的开发创造了条件。目前工厂正选派调集“精兵强将”，开始研发试制高速轨道客车电动车组，形成新的经济增长点；为引起各方面的高度重视，工厂组织有关高速电动车组列车专家团队进行调研分析和着手开发研制，这项工作已经进入了实质性的初期试运行关键阶段……

2.2006年7月首都北京风和日丽；铁道部三楼会议室：张暑光（铁道部运输局长）刘刚（铁道部车辆局主任）、牛得田（中车长客股份总工程师）等正与国外专家商谈高铁技术成果合作事项。先后与法国阿尔斯通（时速250公里）、德国西门子（时速350公里）商谈技术引进高速铁路轨道客车电动车组项目，并达成合作生产制造高速铁路轨道客车电动车组项目获得成功。

牛得田说：长客股份公司于2007年先后合作引进法国阿尔斯通时速250公里、德国西门子时速350公里高速电动车组列车国外技术成果。但一些核心技术始终受制于人。这是摆在长客人面前的一座技术壁垒，也是我们需要攻克的一道难关。长客选择了高速铁路电动车组列车开发研制，为铁路机车车辆提速创造了有利条件；我们已经走出了艰难困苦的初创时期，有了生存和发展科学技术创新的基础条件，为企业创新国际高端轨道客车高速电动车组产品，实施科技开发带动战略，长客股份公司前程充满希望。引进、消化、吸收、再创新，采取有效技术措施不断提升产品科技的创新能力，展示了从研发制造到走向“中国创造”的高铁电动客车高端产品的雄图大略。

马宏光（中车长客股份公司副总经理）：“培育精细品质、打造民族品牌”这是长客股份公司确立新的核心理念。随着高速车技术引进和国产化工作的不断深入，不少单位出现了以繁忙为借口，忽视管理的现象；生产现场出现秩序混乱、人员庞杂等不和谐现象。公司董事长董晓峰同志来到第一装配厂生产现场，针对这一情况，提出了“必须整顿作业秩序、必须净化作业环境、必须控制作业人数、必须明确作业要求”……第一装配厂立刻组织全体中层领导干部会议，对照董事长提出的“四个必须”作业的要求，深刻剖析各基层单位存在的问题；大家一致认为董事长提出“四个必须”作业要求是建设国际一流轨道车辆制造企业的基本条件，是“培育精细品质、打造民族品牌”企业核心理念的具体体现。第一装配厂厂长张桐林说：“第一装配厂要从现在做起，从生产计划的权威性抓起，逐步把周计划分解成三日计划、日计划、小时计划，用计划的有效调控来整顿作业秩序，净化作业环境；从眼前和长远两个角度，分批次、分层次地解决作业环境不规范、管理粗糙的问题。”

韩凤武（中车长客股份公司副总经理）：举世瞩目的北京奥运

会盛会前夕，2008年7月29日，长客制造的北京至天津时速350公里的轨道客车高速电动车组列车如期开通，达到了安全、平稳、舒适、快捷，受到中外乘客和高铁专家们的高度赞誉……北京奥运会在中外各方赞誉声中落下帷幕，奥运期间，长客公司为北京5条地铁线路所提供的地铁车辆总数达到528辆；北京地铁公司说："地铁车辆运行得很好，没有发生晚点现象售后服务人员真的很辛苦！令人敬佩！"中车长客公司圆满完成了北京城轨地铁电动车辆保障服务工作，为这次举世瞩目的体育盛会做出了应有的贡献，并受到了北京地铁建设总公司以及北京市政府和奥组委的通报表扬。（伴随时速350公里轨道客车高速电动车组列车风驰电掣，展示精彩美丽的北京奥运体育盛会实况；原始镜头回放）。

3.董晓峰：因为有了地下铁道电动客车和高速电动车组列车产品，继往开来不断创新，长客的今天才会这样辉煌！国家运输大动脉战略升成电力牵引的节能环保绿色能源，伴随着国家建设《和平崛起》，并造福国际社会和中华民族子孙后代！令人心驰神往……有了这么大一片可发展的地界和空间：建成了世界一流的高速铁路电动车组制造基地和科研中心，完成了全面进军国际市场的战略布局，开创了全新科学技术管理和组织构架体系，实现了国际级现代化企业的历史性跨越发展；优化储备了雄厚的高端科技人员队伍，给长客留下可继续发展具有高端科技基础的底子。长客有铁路客车制造、地铁客车制造、高铁客车制造和客车修理四个系统的大型国有企业，发展成今天这样一个建立了现代企业制度，具有创新驱动能力，有内生发展动力国际一流的轨道电动客车装备制造大型、强势企业很不容易。希望长客从“中国制造”走向“中国创造”，引领世界轨道客车高速电动车组列车科技发展，使中国成为世界科技创新强国。我已退休二线：祝福长客的明天更加美好！

4.王润（中车长客股份公司董事长）：“产业报国，勇于创新”，首先要提升卓越的领导力，全力推进“跨国经营，全球领先”战略。改革是时代的呼唤，同时也面临挑战和风险，把握好改革的关键环节，紧跟时代步伐补齐“能力短板”；确立长客经营发展战略和主要目标，以及实施发展战略的主要措施，探索在战略发展中融合、变革、升级过程的主要途径，战略转型升级的驱动力，明确了改革发展的必要性、关键着力点和战略发展方向十分重要。

中国第一辆地铁车、第一辆磁悬浮车、第一辆铝合金车……翻开长客工厂产品的发展历史，若干个“第一”见证了中国城市轨道交通电动车辆装备领跑者的丰功伟绩；这也正是长客自主创新路径的鲜明写照。如今依靠自主创新，让一列列来自中国的地下铁道电动客车、高速铁路电动车组列车开向了世界，挺起了“中国创造”的脊梁！

5.安忠义（中车长客股份公司总经理）：实施高铁科技发展战略，精益求精，千方百计实现电动车组列车网络控制系统国产化。一直以来，在动车组装配方面，国内生产的列车网络控制系统都受制于国外技术，需要进口。通过技术创新，长客的技术专家们，率先实现了高速铁路电动车组列车网络控制系统的国产化。动车组列车网络控制系统是将列车的各个子系统连接起来，完成列车的控制、故障诊断、测试，并把车辆状态数据通过无线电发回地面，进行地面分析和预判，保证了车辆安全运行。

中车长客股份公司副总工程师常振臣说：列车的网络系统必须有高实效性、可靠性，就好像列车的“神经”。而之前引进国外的网络系统有一些缺陷，所以决定自己研制软件系统。终于在2012年，长客在国内率先实现了动车组列车网络系统的国产化，大大提高了系统集成能力，降低了生产成本，更重要的是提高了高端产品的竞争力。

6.陈孝敏（中车长客股份公司党委书记）：以产业报国勇于创新、以中国梦提速为内涵的“中国高铁工人精神”，是新时期企业精神的代表，是实践中华民族伟大复兴的最新成果；在建设国际级现代化企业进程中，树立新观念、新思想、主动实施企业创新驱动发展战略，是社会主义核心价值观的具体表达，它体现出具有高技术含量、国际化合作、闪烁着时代进步的光辉。长客要将高铁工人精神落细、落小、落实，进而不断地开展理论探索，让“中国高铁工人精神”的理论系统化，发扬光大！

陈孝敏：请李万君同志回答一个问题：什么是社会主义核心价值观的具体表达？李万君：一是，爱国、敬业、诚信、友善，遵循这样的职工行为准则；检视行为，为改革发展树立正确的价值观引领，营造良好的思想氛围提供不竭的精神动力。二是富强、民主、文明、和谐，沿着这样的国家目标推进改革。三是自由、平等、公正、法制，通过这样的社会理念凝聚共识；慎思明辨，价值判断力和道德责任并不完全等同于价值行为。明确是非、善恶、美丑，还要引导职工群众择善而行，使价值标准成为行动的自觉准则。增强价值判断力，把正面教育与舆论监督结合起来，把热点引导与群众道德评议结合起来。旗帜鲜明地弘扬“真、善、美”，贬斥“假、恶、丑”，树立正确的导向，澄清模糊认识，匡正失范行为，形成激浊扬清、抑恶扬善良好道德风尚的建议者，企业文明进步的推动者。书记同志我说对了吧？陈孝敏：说得很好啊！熟记真实、层次清晰！

7.王献红（中车长客股份公司副总经理）：已经开发出完全自主知识产权的高速铁路电动客车转向架。除了电动车组列车网络控制系统国产化以外，转向架生产技术也是列车的核心技术之一。转向架相当于车辆的底盘，是列车的走行部位，如人的两条腿，它的健康与否，将直接影响列车的强度、安全和速度。为了上质量、上档次、上水平，我们着力加强专业技能培训和业务理论学习，在知识与技能目标上追求高效，在过程与方法、感情态度与价值观的目标上，追求长期效益并取得了很好的成果……

以技能报国做“大国工匠”。这是一份简单的个人简历：李万君，1968年出生，中共党员。1987年7月毕业于长春客车厂职业高中，而后进入客车厂焊接车间工作至今。成为转向架制造中心高级技师、长客股份公司首席操作师，被誉为高铁战线“杰出工匠”“工人院士”、“高铁焊接大师”……

王亮（中车长客股份党委办公室主任）：转向架是铁路轨道客车高速动车组列车的核心部位，直接决定和影响着车辆的运行安全。在焊接工作中，焊接工必须屏住呼吸，不能咳嗽，不能与人交流，甚至，不能随便眨眼。李万君说：从一名普通焊工到“高铁焊接大师”，支撑他的是矢志技能报国的“大国工匠情怀”。转向架制造技术，被列为轨道客车高速动车组列车的核心技术之一。2007年，长客股份公司先后引进法国时速250公里轨道客车高速电动车组技术以及国外技术成果。但一些核心技术始终受至于人，这是摆在长客人面前的一座技术壁垒，也是李万君千方百计憋足劲儿也要攻克的一道难关。

姚丹（中车长客股份党委宣传部副部长）：在试制法国时速250公里的高速动车组时，承载重达50吨车体重量的接触环口焊接成型要求较高，成为决定动车组列车能否实现速度等级提升的核心部件，也成为制约转向架生产的瓶颈。李万君在模型上反复演练、潜心研究，摸索出的“环口焊接七步操作法”，成型好、质量高，成功突破了批量生产的难题。这项令法国专家十分惊讶的“绝活”，现已成为公司的技术标准。

马晓东（中车长客股份战略管理部长）：2008年，长客股份公司从德国西门子引进了时速达350公里的高速动车组技术，由于外方也没有如此高速的运营先例，转向架制造成为双方共同攻关的课题。李万君作为中方课题攻关的首席技师，带领他的中方团队打响了“技术突围”的攻坚战。在一次又一次地试验，一遍又一遍地总结经验的基础上，取得了一批重要的核心试制数据。专家组以这些数据作为重要参考，编制了《超高速转向架焊接规范》，在指导批量生产中解决了大量难题。如今长客股份公司的转向架年产量超过9000多个，比庞巴迪、西门子和阿尔斯通等世界三大铁路轨道交通车辆制造巨头的总量还多。李万君因此赢得了“高铁焊接大师”的美誉。

刘波（中车长客股份党委组织部长）：李万君是一名技术工人，更是一名共产党员。他始终坚信“合格的共产党员要有追求，有思想，有创造”……每一名技术工人党员，都要高度自觉，争当创新主角，在中国制造走向中国创造的进程中贡献力量。以技能报国，做

“大国工匠”，在长客股份公司李万君是有名的“全才”。他根据异种金属材料焊接特性发明的“新型焊钳”获得国家专利并推广使用；总结出的氩弧自动焊接方法和一整套焊接操作步骤和“拽枪式右焊法”等20多项转向架焊接操作方法，填补了我国氩弧自动焊接铁路客车转向架环口的空白，在生产中得到广泛应用，解决了批量生产中的多项技术难题，累积为企业节约资金和创造价值800余万元。

邵晓明（中车长客股份工会副主席）：以技能报国，做“大国工匠”，是李万君的至高追求。现在，作为国家级技能大师工作室的当家人，李万君正着手培养更多技艺高超的焊接高手，他已经为公司培训焊工10000多人次，考取各种国际、国内焊工资质证书2000多项，并创造了400余名新工提前半年全部考取国际焊工资质证书的培训奇迹。他要打造更多的“大国工匠”。

转向架开发部高级工程师周殿买说：长客转向架引进是德国西门子技术，现在通过引进技术的消化吸收再创新，已经研制出具有自主知识产权的转向架产品，在防冰雪和低温状态下技术改进有所创新。长客在转向架技术方面已经实现平台化，覆盖高速动车组、低地板车等共计50余种产品；开发出具有完全自主知识产权的CW350（D）型转向架，用于时速350公里中国标准高速轨道客车电动车组。

8.娄延军（中车长客股份副总经理）：技能大师工作室打造了“工人发明家”，将产品打上“中国创造”，背后自然有一群具有创新精神的技术人才；不仅有1300余人的研发团队做技术支撑，还设立国家级技能大师工作室，打造“工人发明家”。罗昭强是一名维修电工，也是长客的首席操作师，更是一位“工人发明家”，每年都能带领团队搞出10多项获奖创新成果。2011年，他开发的动车组调试技能实训装置，填补了国内空白，一举获得4项国家专利，并荣获中车公司科技成果三等奖，创造了工人主持科技成果的先河。2013年，他还受邀参加了国家工程实验室组织的“模拟运行试验台正向驱动功能开发”团队，在这个博士云集的创新平台上，他是唯一的一名工人。

孙书惠（中车长客股份企业文化部长）：每年400万元发明奖励，创新小将辈出。为保证充足的技术创新投入，长客还设立了科研开发专项基金，用于技术研发、产品设计和技术合作，每年平均研发经费占产品销售收入的比例在5%以上。在组织职工科学技术创新方面，坚持以激励为主，每年都支出400万元左右用于创新发明奖励。刘清元是客车制造中心钢结构车体一车间方法部的工艺技术人员，2009年入厂只有25岁。虽然年纪轻轻，但他可是长客有名的“创新小将”。2012年他在公司完成五小发明、立项攻关、优秀操作法等创新发明57项，其中21项获得公司各种奖励，以一年获创新奖金23000多元成为公司人人皆知的创新状元……

王献红（中车长客股份公司副总经理）：接轨世界，牵引未来。高寒高速铁路电动车组、高寒地铁电动客车达到国际领先水平。长客股份公司始终加强对企业技术创新能力的建设，不断提升自主创新水平。近年来，长客获得国家省部级以上科技成果40多项；拥有专利665项，并在美国、澳大利亚等国家申请海外专利14项。在国家发改委公布的国家认定企业技术中心评价成绩为优秀，并在全国887家国家级企业技术中心排名21位，在国内轨道交通装备制造业14家和吉林省14家国家级企业技术中心排名均处于首位。通过企业自主创新能力的持续建设发展，长客不仅极大地缩短了产品研制的周期，并且在轨道客车车体、转向架和网络控制系统等核心技术，以及低地板整车的技术，达到了国际先进水平；高寒动车组、高寒地铁电动客车达到国际领先水平。

9.王润（中车长客股份公司董事长）：自2012年开始，在中国铁路总公司主导下，长客股份公司集合了国内有关企业、高校科研单位等优势力量，最终造出了“中国标准动车组”！中国标准动车组是指形成中国标准体系的动车组。其功能标准和配套轨道施工标准都高于欧洲标准和日本标准，具有鲜明而全面的中国特征；它比动车组技术上的欧洲标准和日本标准更高级，代表目前世界动车组技术的最高标准。面向全球化市场定位的中车长客，致力于实施国际化的发展战略，我们已经历史性赢得了美国波士顿、芝加哥地铁的订单，成功布局北美高铁市场。我们必须顺时借势，要进一步树立全球化的战略思维，更加积极地融入全球竞争格局，主动担当国家使命，主动地服务国家发展战略，借助科技创新和“高铁外交”，中国高铁走向世界以此来赢得更加广阔的发展空间！

（国家领导人十分关心和支持中车长客股份公司的建设和发展：2015年国务院总理李克强，国家主席习近平先后来到长春轨道客车股份公司视察，现场参观并亲切与广大干部职工进行交谈的情景实况镜头回放：人民对美好幸福生活的向往，就是我们努力的奋斗目标！）

尾声　非常时期感悟
（2013年至2015年：与儿女和友人聚会）

阎华说：“活着是幸福的，工作着生活是美好快乐的！”没有了祖国你将什么都不是！人总是在失去的时候才猛然醒悟，我们原来的生活是如此美好！可是世界上没有后悔药，当我们知道后悔的时候一切都已经离我们远去。

只有祖国才是我们的依靠，只有祖国的强大稳定才是我们老百姓幸福自由的前提！苦难深重的旧中国给我们的警示教育太多了：不买西方列强的鸦片他们就八国联军烧北京；强盗贸易把我们变成了东亚病夫，还要勒紧腰带赔偿他们真金白银；占我山东不给，就甲午炮轰我北洋水师；抢我东北攻我北京，直到南京屠杀我30万同胞。

天理何在？真情哪有！不就是我们穷了吗？弱了吗？不团结吗？自古弱肉强食，没有国就没有家！

我们拥护共产党的领导，因为我们很多人经历过1950年的抗美援朝战争，1962年的自然灾害，经历过十年浩劫，经历过上山下乡，经历过改革开放。因为我们这代人亲眼看到、亲身经历了从一穷二白走向繁荣发展的几十年变革，都深知只有共产党才能统一和领导这么大的国家。中国一旦失去共产党的领导，将会天下大乱。中国要乱了，那就是13亿中国人的灾难。

目前中国60岁以上老人有1.8亿。这1.8亿的老人绝大部分会郑重地告诫自己的子女，不能给国家添乱！我们相信共产党，是因为对中国国情的了解和丰富的从政经历和经验。他一步一个台阶从最基层走过来。他对中国的民情、国情、地方、中央完全了解。他的智慧魄力、胆略卓识，坚韧稳健、柔里含刚的能力作风，对稳定大局是心中有数、胸有成竹的。我们支持他是因为他有“打铁首先自身硬”的底气，有“敢作敢为”的胆略和谋略，改变完善目前中国社会的现状，首先必须从党内抓起，从领导带头做起，这个道理谁都知道，关键是敢不敢碰硬。只有敢碰硬，敢于碰大的“利益集团”敢于抓重点解决难点问题，从严依法治国善于科学管理才能起到“杀一儆百”的作用，才能获得人心，才能取信于广大职工和全国人民，才能稳定大局。

“中国”两个字目前给西方的认识是大而不强，所以我们不能还没有强大而自乱。抬起头来，好好爱我们的国家爱我们自己的公司吧！永远记住国家好，公司好，大家才好！说明了浅显道理：承受过苦难的人民，最珍惜和谐安宁的生活。

诚然，当今的中国并不完美，还有不少问题，发展不协调，分配不公等现象仍然比较突出。但是大到一个国家，小到一个集体，什么时候没有问题？不承认问题，不是实事求是的态度；因为存在问题就全面否定现实，同样不是实事求是的态度。可喜的是领导集体上任以来励精图治、深化改革、改进作风严惩腐败的治理能力，新气象证明有决心、有能力加强建设。公司未来发展的美好蓝图已经展开，今天的发展成就来之不易，未来发展道路也不会一帆风顺。坚持党的领导，坚定道路自信、理论自信、制度自信，中华民族伟大复兴的中国梦就一定会变成美好现实：中车长客股份公司制造具有完全自主知识产权的时速350公里“复兴号”高速铁路轨道客车电动车组列车已在京沪线成功运行！……心若在，梦就在，初心不改创造更加美好未来！

后　记

中国文学电影剧本《和平崛起》经过十余年时间的编写、充实、升华和紧锣密鼓的筹划准备，现已正式出版发行。借此机会首先感谢我曾经工作服务过的铁道部长春客车厂、中国中车长春轨道客车股份有限公司的各级领导和全体职工，正是由于这片肥沃热土的养育和几代长客人“顾全大局、讲求实效、精业精品、追求卓越”的坚定信念和创造精神，用辛勤劳动的汗水和智慧，给了我灵感，才真正导致这部作品的诞生。在此，一并向他们致谢！

我要特别感谢中共吉林省委宣传部、省新闻出版广电总局、长影集团、八一电影制片厂等部门单位的相关领导，以及在本书编写和出版发行过程中给予支持和帮助的各位同志：杨铁涵、王兴隆、赵永波、姜彤、祁聪阳、马学庆、曲歌、王延志、高小禹、林晓琳表示诚挚的谢意！感谢他们对本书给予了极大的支持，并提出了非常有价值的意见；我还要感谢我的妻子和儿子士奇，他们的支持得以让我完成此书。

回顾九十六年前，中国共产党的成立，犹如一声霹雳春雷，预兆着一个沉睡的民族开始真正地苏醒。九十六年来中国共产党人前赴后继、浴血奋斗、缔造了新中国，建创了伟大的社会主义市场经济国家体制。

2013年党的十八大以来，在全面建成小康社会、加快推进社会主义市场经济现代化建设，夺取中国特色社会主义新胜利的伟大实践中，中国铁路机车车辆工业企业涌现出一大批爱岗敬业、勇于创新、品格高尚、业绩突出的先进人物，他们也正是我国工人阶级和广大的人民劳动群众的优秀代表。

习近平总书记指出：伟大的事业需要伟大的精神，伟大精神来自于伟大的人民。我们一定要在全社会大力弘扬“爱岗敬业、争创一流、艰苦奋斗、勇于创新、淡泊名利、甘于奉献”的劳模精神，大力宣传劳动模范和先进企业典型的先进事迹；引导广大的人民劳动群众树立辛勤劳动、诚实劳动、创造性劳动的理念，让劳动光荣、创造伟大，劳动最美丽蔚然成风！

中国共产党第十九次全国代表大会于2017年10月18日在北京召开，10月25日胜利闭幕，习近平同志主持会议并在当选中共中央委员会总书记后做了重要讲话；顺应新时代要求，体现全党共同心声！谨以此书献给：开启新时代，牢记使命，高擎习近平新时代中国特色社会主义思想伟大旗帜，向着新征程奋勇前进的中华优秀儿女们！

阎志硕

2017年10月于长春